Habitación 406

Yasmina Soto

Safe Creative: 2306084540172

Twitter: @sotoyasmi

Capítulo 1

Elea

El despertador suena como cada mañana, aunque actualmente estoy sin trabajo, me he autoimpuesto un horario. Mi terapeuta dice que tener una rutina en la que me deba levantar y seguir con mi vida es lo mejor, y eso es lo que hago. Cada día el despertador suena a las siete de la mañana, doy vueltas en la cama hasta que otra alarma suena a las siete y cuarto y tras eso me levanto, desayuno y activo mi día.

He pasado por una mala racha, una relación larga que ha terminado, he perdido mi puesto de trabajo por cierre de la empresa y todo eso me llevó a encerrarme en mi casa. El hecho de vivir en un pequeño pueblo y que todos te miren con condescendencia porque Elea, la hija pequeña de Amparo, se ha quedado sola y sin trabajo, sentirme observada y siendo por un tiempo la comidilla del pueblo no ha ayudado demasiado.

Decidí darme un tiempo, no quería volver a la rutina del trabajo que me estaba asfixiando después de que me dejara Sofía. Todavía no sé bien lo que nos pasó, pero el tiempo pasaba y las cosas entre nosotras no avanzaban, aunque eso a mí me valía, pero a ella no. Ahora logro entenderlo, pero en un principio no supe gestionarlo. Me encerré en casa, iba al trabajo y volvía, hasta que perdí esa rutina. Fue mi amiga María quien me hizo ver que necesitaba salir del pozo de soledad que me había sumido.

—*Necesitas ayuda, Elea, así no avanzas.*

—*Necesito encontrar otro trabajo y mantener mi mente despejada, María* —resolví como si eso me ayudara a no pensar.

—*Esa no es la solución y lo sabes. Ve a ver a Margot, sabes que es buena en lo que hace, te va a dar herramientas para gestionar todo lo que estás sintiendo* —insistió ella.

María me habla de Margot porque durante mucho tiempo fue su psicóloga. En un pueblo como el que vivimos cualquier cosa fuera de lo normal era un escándalo. Mi amiga se enamoró perdidamente de un hombre casado y que poco después se divorció de su mujer. Ella se convirtió en la mala de todo. Le costó superar que todo el mundo hablara mal por robarle el marido a otra. Ahora, aunque hay una diferencia de edad con Martín de quince años, los dos son felices y son padres de una niña que ahora tiene nueve años.

Le hice caso a mi amiga y comencé con la terapia, doy gracias por atreverme a hacerlo y poder salir del encierro que me había sumido. También me di cuenta de que necesitaba tiempo para mí, llevaba trabajando desde los diecinueve y ahora con casi cuarenta tenía que parar y darme un respiro.

Mi teléfono vibra y veo en la pantalla el nombre de María. Me sorprende, porque, aunque ella se despierta temprano para llevar a la niña al colegio, es demasiado pronto para que lo haga.

—Sí.

—Buenos días, a la mujer más guapa de este nuestro pueblo.

—¿Te presentas como alcaldesa? —pregunto sin poder aguantar la risa por la forma que ha tenido al saludarme.

—Pues no sería mala idea presentarme.

—¿Ha pasado algo?

—Qué va a pasar, Elea. Solo te llamaba porque quiero ir a Madrid a hacer unas compras y se lo he comentado a Martín y me ha dicho que por qué no cojo unos días y me voy con vosotras. Un finde de chicas, las tres. Bueno, aunque tengo que hablar con Estela, pero seguro que Sergio no le dirá que no vaya.

—Y si le dice que no, Estela lo puede mandar a la mierda —razono riendo.

—También es verdad. Ese hombre tiene el monumento a la paciencia con Estela.

Las dos reímos por nuestra amiga, lleva con Sergio desde el instituto, son el ejemplo de que el amor, al menos por ahora, puede ser para siempre. Muchas veces envidio la complicidad que tienen entre los dos, no hay celos ni malas caras, hacen planes por separado. Son un matrimonio que muchas de las veces dan asco de lo bien que se llevan.

—¿Qué fin de semana es? —pregunto para organizarme.

—No lo tengo decidido, te llamo para ver qué te parece la idea.

—Por mí, perfecto, María.

—Pues ahora llamo a Estela, después quedamos en mi casa y miramos un fin de semana para ir de compras por la gran ciudad.

—Tres mujeres de pueblo, perdidas entre grandes edificios.

—A ver, que somos de pueblo, pero no salvajes, capulla. Ya nos hemos juntado con la civilización normal.

Los dos reímos por lo de "civilización normal", la verdad en el pueblo donde vivimos que se llama La Adrada es como estar en un mundo paralelo, sin el estrés de la ciudad, sin tener que correr porque llegas tarde a los sitios. Aquí nos tomamos las cosas con más calma.

María se despide, ya que tiene que llevar a la niña al colegio y yo acciono la máquina de café para poder activar por fin mi día.

A las cinco de la tarde y tras pasar por la pequeña panadería del pueblo, me dirijo a casa de mi amiga que está a tan solo dos calles de la mía. Pulso el timbre esperando que me abra.

—Pensaba que ya no vendrías —dice a modo de saludo María.

Miro el reloj y han pasado tres minutos de la hora acordada.

—¿Ya estás como la gente de ciudad? —pregunto arqueando las cejas.

—Me gusta la puntualidad, ya lo sabes —indica dejándome paso para entrar a su casa.

Una vez dentro saludo a Martín que está haciendo los deberes con la niña y nos dirigimos a la cocina, nuestro sitio de reunión oficial.

—¿Estela? —pregunto al no verla.

—Otra impuntual, aunque ella me ha avisado, tenía que recoger a Javier de fútbol, Sergio hoy no podía.

—Bufff, pobre Sergio —digo riendo.

—Sergio le dijo de comprarle una moto a Javier, el niño ya tiene dieciséis años y entre el instituto y el fútbol, lo mejor era que fuera más independiente, pero ella se ha negado, así que Sergio ha decidido que de vez en cuando ella lo lleve y lo vaya a buscar, así entenderá que necesita que su hijo tenga algo de autonomía.

—No lo va a entender —aseguro encogiéndome de hombros.

—Martín dice que va cediendo con la estrategia de Sergio.

No creo que Estela ceda en algo así, aunque quizá sí se ve desbordada lo haga.

Disponemos las pastas que he comprado y María hace el café esperando que llegue nuestra amiga, mientras hablamos del día a día y de los cotilleos del pueblo.

Media hora más tarde llega Estela disculpándose por la hora y toma asiento junto a nosotras, María vuelve a hacer café y comenzamos a hablar sobre cuándo podemos ir a la capital.

—Por mí este fin de semana, así pierdo un poco de vista a mi marido —comenta Estela bebiendo de su café.

—Yo también había pensado en este, ahora solo queda que diga Elea.

—A ver, chicas, que yo no tengo nada que hacer, que puedo ir cuando quiera.

—Como tienes pautas marcadas —dice María mirándome fijamente.

—Tengo esas pautas, para no caer en la mierda como lo estaba haciendo. El cerebro es un cabrón que si no lo mantienes activo se va apagando, tú lo sabes.

—Perdona, no quise decir eso. Quería decir que como muchas veces haces actividades los fines de semana, como las caminatas, excursiones y demás.

—No tengo nada organizado para este fin de semana y aunque lo tuviera, mi prioridad es pasar un fin de semana con mis amigas. Siempre sois vosotras las ocupadas, casadas y con hijos, mientras que yo estoy soltera y sola.

—Eso puede cambiar —dice Estela.

—No va a cambiar por ir de compras a la ciudad.

—Podemos ir a un local de ambiente el sábado por la noche —propone Estela.

—Me parece una idea genial.

—Ni de coña, no voy a ir a un local de esos —protesto.

—Ya te digo yo que sí, y no se hable más de eso. Tengo que marcharme, pero este fin de semana es de nosotras tres —asegura Estela dando por zanjada cualquier réplica al respecto.

Estela se levanta y se despide de nosotras, yo vuelvo a sentarme en la silla y miro a María.

—No voy a ir a ese sitio.

—Solo una cerveza y de vuelta al hotel, te lo prometo.

Tras esa afirmación de mi amiga, sé que cualquier cosa que pueda decir dará lo mismo, iré a la capital y terminaré la noche del sábado en un local de ambiente, me guste a mí o no.

Capítulo 2

Elea

Mis amigas me han estado dando la turra cada día con el viaje. Me aseguran que vamos a pasar unos días increíbles y sobre todo la noche del sábado será inolvidable.

—*Es tu noche, Elea* —*afirmó María con una sonrisa en los labios*

—*Que no va a pasar nada* —*aseguré.*

—*Yo te veo en los baños del pub metiéndote mano con alguna, cuál niña de quince años* —*dijo Estela entre risas.*

Esas son mis amigas, dos locas que creen que mis penas ahora mismo se pasan con sexo en un baño con una desconocida. Quizá puedan tener razón y una alegría al cuerpo nunca viene mal, pero terminar en los aseos de un local de moda en la ciudad no es mi cita perfecta.

Al final hemos decidido salir el viernes por la tarde, después de que Estela deje a Javier en el campo de fútbol. Hemos alquilado una habitación para las tres. Así que la posibilidad de terminar yo con alguien no es viable, aunque mis amigas insisten en que, para vivir una aventura, los baños son perfectos.

Antes de las cuatro estamos las tres montadas en el coche de Estela rumbo a dejar a su hijo.

—¡Vamos a quemar la ciudad! —grita Estela bajo la atenta mirada del adolescente.

—Mamá, qué tú a las nueve y media de la noche estás en la cama durmiendo —comenta Javier poniendo los ojos en blanco.

Estela le da una colleja a su hijo y este que no se lo espera termina quejándose por el golpe mientras asegura que es verdad.

—La próxima vez vas a ir caminando al fútbol —afirma Estela enfadada.

—Si me dejaras tener la moto —protesta Javier.

—Te puedes ir olvidando de eso. Ahora largo al fútbol, después vendrá tu padre a recogerte.

Javier se baja y yo me paso al asiento delantero, ya que ir detrás todo el trayecto me marea y es mejor ir delante.

—Deberías plantearte lo de la moto —digo cuando Estela arranca poniendo rumbo a la ciudad.

Ella se mantiene callada, María está escribiendo algo en el móvil y yo decido insistir en algo que sé que no me incumbe.

—Así él podría ser más independiente, Estela. Estás siendo...

—Para, Elea, cuando tengas un hijo, lo educas y haces lo que tú quieras. No vengas a darme lecciones de nada que no te he pedido.

Está claramente enfadada y me doy cuenta de mi error al intentar mediar en algo que no me incumbe, no entiendo la reticencia a que su hijo tenga una moto, pero la realidad es que no tengo que entender nada, ya que al final es ella como bien dice quién debe criar y educar a Javier.

—Perdona, no debí...

—Yo tampoco debí contestarte así, Elea, pero el tema de la moto me tiene sobrepasada. Sergio no para en que es lo mejor, Javier dice que no confío en él, y la realidad es que tengo un miedo atroz a que a mi hijo le pase algo con ese maldito cacharro —suspira intentando calmar la ansiedad que siente—. Me supera todo esto, sé que mi postura puede no entenderse, pero odio esa cosa de dos ruedas, que pueda caerse por estar haciendo el cabra por los montes. Tengo miedo, mi niño ha crecido tan rápido que tengo miedo de todos los peligros que hay fuera, y mientras yo pueda, no tendrá una moto. Sabéis que odio la velocidad.

—Te entiendo —digo apretando su brazo.

—Una patineta eléctrica, puedes comprar una básica que no coja mucha velocidad, sería un punto de confianza que le das y tú tendrías un respiro a sus reproches —comenta María.

Estela mira por el retrovisor la opción que le ha dado y vuelve la vista en la carretera, se queda pensativa. No responde y tanto María como yo sabemos que Estela se está pensando esa posibilidad.

Seguimos en silencio un rato hasta que Estela sale de su estado para subir el volumen de la música, las tres nos ponemos a cantar como lo hacíamos cuando yo cogía a escondidas el coche de mi padre y nos íbamos a dar una vuelta en él, creyendo que éramos unas delincuentes por cometer tal imprudencia. La realidad era que nos dirigíamos a una finca que tenía mi abuelo e íbamos por el sendero que dejaba él con su tractor.

Nos damos cuenta de que estamos entrando en Madrid cuando el GPS nos indica que quedan treinta kilómetros para llegar a nuestro destino. Unos nervios se apoderan de mi cuerpo sin saber muy bien por qué, mientras mis amigas están eufóricas por salir de la monotonía del pueblo por unos días.

Capítulo 3

Elea

—Un fin de semana de chicas, como solíamos hacer antes —dice eufórica María.

—Sin maridos ni hijos —secunda Estela.

Yo miro a mis amigas y sonrío, porque para ellas esto es una liberación. Lo más gracioso de todo es que están casadas con grandes hombres, a pesar de vivir en un pueblo donde el machismo está a la orden del día.

—Yo no tengo problemas ni con mi esposo ni con mis hijos —comento riendo al ver a mis dos amigas felices.

—Relájate, cuando estás en pareja, casi vives aislada, guapa.

Las palabras de Estela me ponen seria, y es que tiene razón. Con mi última relación me aislé mucho, dejé de salir y casi me convertí en una persona antisocial. Mis amigas me llamaban para quedar y yo rechazaba las invitaciones. Ellas han tenido mucha paciencia conmigo, más de la que podría imaginar.

—Eso va a cambiar —indica Estela, sabiendo que los recuerdos han vuelto—. Este fin de semana es nuestro, y si vuelves a tener pareja y te pasa lo mismo, te juro que soy capaz de sacarte a escobazos de tu casa —me amenaza, provocando una sonrisa en mi rostro.

María está sentada en el borde de la cama, observando la escena, y se une a nuestro abrazo.

—Os quiero, zorras —afirma Estela sin soltar el abrazo.

—Yo también os quiero, gracias por siempre estar ahí cuando las he necesitado —digo sin soltarlas.

—No nos vamos a poner sentimentales ahora —dice María soltando el abrazo y limpiándose los ojos—. Ahora tengo hambre, así que habrá que salir a cenar algo.

Nos adentramos por las calles de la ciudad buscando un sitio para cenar, y cuando me doy cuenta, mis amigas están en una zona de ambiente.

—No me fastidies —digo riendo.

—Venga, no va a pasar nada que tú no quieras —indica María golpeando mi hombro.

—Si es que me tenía que haber imaginado esto, sois lo peor —protesto señalándolas.

—Solo vamos a cenar. Que hayamos terminado aquí ha sido pura casualidad —resuelve Estela.

Después de pasear por la zona, decidimos entrar en un restaurante llamado Los Álamos, estaba un poco alejado de los locales de copas. María asegura que después de buscar, se hablaba muy bien de ese lugar y que todo era algo misterioso. Debíamos dejar un depósito y nos darían una contraseña para poder entrar. Una vez dentro, la camarera nos indica una mesa y tomamos asiento.

—La camarera está bastante bien —dice Estela, mirando detenidamente a la mujer.

Niego con la cabeza mientras observo el lugar. La oscuridad del establecimiento, las mesas con parejas y todo el misterio para poder acceder al local a cenar es algo que me tiene confundida, mientras mis dos amigas están eufóricas porque todo les parece encantador, especialmente después de ver a un camarero con el pecho descubierto y una pajarita.

—¿Estás segura de que aquí se cena comida? —susurro a María.

—Claro, Elea. Aquí se come.

—Pues parece que aquí se van a comer todos menos la cena —aseguro mirando a mi alrededor.

—A mí no me importaría que el camarero me comiera —afirma Estela en voz baja.

Mis dos amigas sonríen y María le confirma que a ella tampoco le importaría, mientras yo sigo mirando a mi alrededor.

—Quieres relajarte y comer, toma un poco de vino a ver si te animas un poco —dice Estela llenando mi copa.

Sigo en silencio y después de un rato, me relajo porque veo que todo va normal, excepto por los camareros sin camisetas sirviendo y algunas chicas con escotes que hacen que tus ojos se fijen en sus pechos, aunque intentes hacer un esfuerzo por mirarles a los ojos.

—Brindemos por un fin de semana de chicas —dice Estela alzando su copa.

Tanto María como yo la imitamos y nuestras copas chocan, luego bebemos. En ese momento, veo cómo la chica que nos atiende me mira descaradamente y mi pulso se acelera. Me pongo nerviosa y se me derrama un poco de vino en la blusa.

—Mierda —protesto mientras me limpio con la servilleta.

—Puedo ayudarte si quieres —es la voz de la camarera la que escucho.

Levanto la vista y la miro mientras ella se lame los labios con descaro. Desvío la mirada hacia mis amigas, que me sonríen, y Estela alza las cejas, indicándome que la chica que tengo al lado quiere algo.

—Tranquila, puedo arreglármelas sola. Muchas gracias.

—Puedo limpiarlo más a fondo. Si quieres, podemos ir al baño —susurra en mi oído.

Mis ojos se abren al escuchar sus palabras y trago saliva. No esperaba que la chica fuera tan directa, y por un momento dudo si aceptar o no lo que me dice.

—¿Qué edad tienes? —pregunto.

—La edad es solo un número, da igual. Lo importante es si quieres pasar un buen rato o no.

Suspiro al notar cómo la camarera pone una mano en mi muslo y va subiendo mientras no aparta la mirada de mis ojos.

—Eres demasiado joven —aseguro, agarrando su mano para que detenga su recorrido.

—Esta joven puede hacerte cosas que jamás te han hecho. ¿O crees que no me doy cuenta de cómo me has estado mirando, o de cómo no puedes dejar de mirar mi escote? —susurra muy cerca de mis labios.

Para mí, el entorno desaparece por completo. Es como si esa chica me hubiera transportado a otro lugar sin moverme del sitio. Un golpe bajo en la mesa de una de mis amigas me hace volver a la realidad.

—Considera mi propuesta —dice la chica antes de alejarse de la mesa.

—¿Quién me ha dado un golpe?

—He sido yo. Parecías idiota mirándole las tetas. ¿Qué te dijo? —pregunta Estela.

—Nada.

—Nada, dice. Tenías los ojos como platos, chica —comenta María.

—Bufff, fue un error terminar aquí —digo apoyándome en la mesa.

—Le dijo que le iba a hacer cositas. ¿No ves cómo estás? —afirma Estela señalando mi mano temblorosa al coger el vaso de agua.

Al final, acabo contándole a mis amigas lo que me dijo la camarera, y las dos coinciden en que debo darme una alegría en el cuerpo, mientras yo me niego a tener algo con la chica, y mucho menos en los baños.

La camarera vuelve a la mesa para retirar los platos y dejarnos la carta de postres, tal como Estela le había pedido.

—¿Cómo te llamas? —pregunta María a la chica.

—Lorena.

—¿Conoces algún lugar por aquí donde nuestra amiga y nosotras podamos seguir disfrutando de la noche?

Miro a Estela, la descarada que se ha atrevido a hacerle esa pregunta a Lorena.

—Tenemos una experiencia de postre. Se realiza en aquella sala de allí —señala—. Si quieren probar cosas nuevas, pueden poner sus nombres en estos papeles —dice, dejando tres pequeños papeles sobre la mesa.

Lorena se aleja de la mesa y yo miro a mis amigas.

—Esto no es una buena idea, chicas.

—Yo creo que sí. Debe ser uno de esos lugares en los que te vendan los ojos y te hacen probar cosas —indica María.

—Trae un papel, que yo voy a poner mi nombre —afirma Estela.

Observo cómo mis amigas escriben sus nombres y llaman a Lorena para entregárselos.

—¿No participas tú?

—Prefiero mantenerme al margen. No creo que sea una buena idea.

—Creo que no te arrepentirás. Te aseguro que probar fresas con nata en esa habitación es toda una experiencia.

Veo cómo Estela escribe mi nombre en un papel y se lo entrega a Lorena.

—Elea, va a ser una noche difícil de olvidar —asegura, retirando la carta de los postres—. En diez minutos pasarán a la otra sala.

Miro a mis amigas cabreada, mientras ellas comentan que comer a oscuras debe ser una experiencia inolvidable.

Capítulo 4

Elea

Lorena nos trae dos cuentas, una en la que aparece la comida que hemos consumido y otra en la que figura un importe por ciento cincuenta euros que son tres experiencias.

—No pienso pagar cincuenta euros por meterme en esa sala y no saber qué es lo que va a pasar —protesto cruzando los brazos.

—No va a pasar nada, mi contacto me dijo que solo te dan a probar postre de forma distinta y que hay que entrar —dice María.

—Ya te invito yo, que eres capaz de dejarnos sin postre todo por el dinero que tienes que aflojar, rata —me inquiere Estela, para después alzar la mano y llamar a Lorena.

Una vez se paga todo, nos indica que accedamos por la puerta y esperemos allí. Hay un chico que nos abre y llegamos a un rellano donde se ve una puerta a la derecha y otra de frente. La de la derecha pone solo personal, en cambio, la otra no dice nada. Miro a mi alrededor y hay varias parejas, eso me desconcierta porque nosotras somos tres.

—Son todas parejas —aseguro en un susurro.

—¿Quieres dejar de dar el coñazo y tranquilizarte, Elea? —se enfada Estela mirándome.

Me mantengo en silencio hasta que poco después llega Lorena con unos sobres en la mano y comunica que hay unas invitadas de última hora. Lorena va repartiendo unos sobres y cuando llega a nosotras nos explica lo que es.

—En los sobres hay un número de mesa, deben dirigirse a ellas y allí podrán degustar los postres ofrecidos. Hay otra sala, pero solo accede la gente habitual. Ustedes solo tienen acceso a la primera.

—De acuerdo —indico.

Lorena le da un sobre a Estela y otro a María y yo la miro porque veo que no tiene nada más y antes de que pueda decir nada, Lorena se coloca detrás de mí, aparta mi pelo a un lado y acerca su boca a mi oído.

—A ti te tengo algo muy especial —susurra para después pasar su lengua por el oído.

Mi cuerpo se estremece sin poder controlarlo, trago saliva mientras miro a mis amigas que sonríen. Lorena se aparta de mí y va a la puerta para abrirla y dejar pasar a la gente. Cuando quiero mirar, hay unas cortinas negras que no dejan ver el interior.

—Esto no es una buena idea, chicas —intento persuadir a mis amigas para que no accedan y marcharnos.

—No será una buena idea para ti, nosotras queremos entrar —asegura Estela.

Mis amigas caminan hacia el interior y yo las sigo, pero una vez llego a la puerta, Lorena pone una mano en mi pecho e impide que pase.

—Tú y yo vamos a otro lugar —dice haciendo que retroceda para que su compañero cierre las puertas tras de él.

—¿Les pasará algo a mis amigas?

—No, dentro no pasa nada que tú no quieras. Como dije, ellas simplemente disfrutarán de sus postres de una manera diferente.

—Están casadas.

—Tranquila, nadie les hará daño, Elea. Pueden salir de la sala cuando lo deseen.

Cuando Lorena ve que no hago más preguntas, toma mi mano y me lleva hacia la puerta que dice "solo personal".

—Espera, yo no...

—Tranquila, tampoco pasará nada que tú no quieras —afirma mientras me besa en los labios.

Una vez nos separamos, siento que mi cuerpo arde de deseo. Ella me mira y sonríe mientras yo paso mis dedos por mis labios. Siento que esto apenas comienza y que necesito más de esa chica que vuelve a tirar de mí. Entramos por la puerta y hay un pasillo. Subimos unas escaleras hasta llegar a una oficina que dice "Dirección". Trago saliva y miro a Lorena, apretando su mano.

—Tranquila, ella quiere verte.

Al escuchar eso, algo en mi interior se relaja. Por un momento había pensado que podría ser un hombre y eso me ponía tensa.

Cuando entramos, hay una mujer apoyada en su escritorio. Claramente nos estaba esperando, porque una sonrisa se dibuja en sus labios al vernos entrar juntas.

—Ella es Claudia Rojas, la encargada de organizar las experiencias.

Sonrío cordialmente a la mujer que tengo frente a mí, quien no deja de examinarme con la mirada. Claudia se levanta y extiende la mano hacia Lorena, quien suelta la mía y se acerca a ella. La mujer rodea la cintura de Lorena con una mano y con la otra la atrae, acercando sus labios a los de ella. Lorena no opone resistencia y se besan.

Claudia se apoya en el escritorio y hace que la joven camarera se coloque entre sus piernas. Al ver la escena, siento que mi boca se seca y un calor intenso recorre mi cuerpo. Nunca había estado en una situación así, pero ver cómo esas dos mujeres se devoran despierta mi imaginación como nunca.

Cuando Claudia ha tenido suficiente, hace que la camarera se aparte y extiende la mano, invitándome a acercarme. Por un momento dudo si es una buena opción, pero estoy tan excitada que mi mente me dice que no es un error, mientras mis piernas comienzan a caminar hacia ellas.

—No te arrepentirás de esto —afirma Lorena, haciéndome colocarme entre ella y su jefa.

Estoy tan nerviosa que no sé qué hacer, y es Claudia quien toma el control nuevamente. Ella agarra mi nuca como lo hizo antes con Lorena y me besa. Al principio es lento y suave, pero cuando mi cuerpo anhela más al sentir las manos de la camarera debajo de mi blusa, la mujer que me besa muerde mi labio inferior y lo estira, provocando que un suspiro de desesperación escape de mi boca.

Agarro la blusa de la mujer que tengo de frente y exijo que siga con sus besos, mientras Lorena me ha desabrochado el sujetador y ahora aprieta mis pechos haciendo que tenga que separarme de Claudia.

La camarera hace que me gire para quedarnos cara a cara, desabrocha los botones de mi blusa y deja que caiga por mis brazos para después deshacerse de mi sujetador. Pasa sus dedos entre mis pechos y moja sus labios para después atrapar uno de mis pechos con su boca. Las manos de Claudia se colocan en mi cintura, recorriéndola despacio hasta llegar al botón de mi pantalón y desabrocharlo.

—Quítate la ropa, Lorena —exige Claudia mientras baja una mano apartando mis bragas.

La camarera hace lo que le pide y veo cómo se va deshaciendo de la ropa. La dueña del local hace que mi cuerpo se pegue al de ella y retira mi pelo para lamer mi oído.

—¿Te gusta lo que ves? —susurra excitada.

Asiento sin apartar la vista de la chica que ya solo tiene las bragas.

—Quiero oírlo —exige tirando de mi pelo mordiendo mi lóbulo.

—Sí —afirmo entre jadeos, ya que Claudia ha decidido abrirse paso entre mis bragas y sus dedos se pasean por mi sexo.

La mujer que tiene la mano entre mis piernas comienza a jugar con mi clítoris y mis jadeos son cada vez más altos y seguidos.

—Bájale los pantalones y las bragas —le ordena a Lorena.

La chica hace lo que le pide y se queda de rodillas ante mí. Claudia saca los dedos de mi interior y se los da a Lorena que los lame. El deseo crece por momentos en mi interior y necesito que acaben con esta tortura cuanto antes. Así que sin pensarlo mucho agarro del pelo a la camarera y meto su cara entre mis piernas.

—Come —ordeno desesperada por llegar al orgasmo.

Ella hace lo que le pido y comienza un baile con su lengua que me vuelve loca. Claudia, que ha visto y oído lo que le he exigido a su empleada, me aprieta los pezones haciendo que mi excitación vaya en aumento. A los pocos minutos ya no son jadeos lo que salen de mi garganta, sino gritos hasta llegar al orgasmo, pero Lorena no para de mover su lengua y Claudia atrapa mis manos al ver la intención que tengo de separar a la joven.

—Relájate, ella no va a parar hasta que yo se lo ordene.

—Por favor —suplico.

No sé cómo, pero mi cuerpo vuelve a convulsionar debido al orgasmo que me acaba de llevar por segunda vez la mujer que tengo de rodillas frente a mí.

Ella se aparta y limpia su boca con su antebrazo para levantarse y besar a Claudia mientras yo permanezco en medio de las dos. Cuando estoy algo más recuperada, mi mano baja hasta el sexo de la mujer que tengo en frente y meto mis dedos, haciendo que la camarera jadee al sentirlo, los muevo al compás de sus jadeos mientras sigue besando a su jefa.

—No pares —súplica apoyándose ahora en mi hombro.

—No la hagas sufrir más —susurra Claudia volviéndome a erizar la piel.

Hago la presión justa en el lugar indicado y termina temblando tras llegar al orgasmo. Saco la mano y la abrazo, ya que no aguanta su peso con las piernas. Permanecemos así unos minutos y ella se retira al sofá que hay en el despacho y yo me giro en redondo teniendo en frente a Claudia que me sonríe. No sé de dónde saco toda esa seguridad, pero la miro a los ojos y sin permiso alguno desabrocho uno a uno los botones de su blusa, la dejo caer y hago lo mismo con el sujetador. La mujer que tengo en frente intenta besarme y me separo para evitar que lo haga.

—Ahora vamos a ver cuánto aguantas.

Claudia sonríe por mi seguridad, levanto su falda y compruebo que no lleva bragas, hago que se suba al escritorio y me coloco entre sus piernas. Sujeto su pelo con una mano y tiro del hacia atrás para pasar mi lengua desde la clavícula pasando por su cuello hasta terminar por lamer sus labios. Ella intenta atraparme y con una valentía desconocida en mí le ordeno a Lorena que le sujete las manos y esta se levanta rápido y hace lo que le he pedido, provocando que Claudia intenta zafarse.

—He jugado vuestro juego hasta ahora. Ahora quiero jugar con mis propias reglas y una de ellas es que no puedes tocar, Claudia —susurro en su boca.

Muerdo su labio y compruebo que no se mueve. Me separo un poco y veo el deseo en los ojos de la mujer que tengo en frente.

—Saca la lengua —exijo volviendo a tirar de su pelo hacia atrás.

La saca, yo me acerco, la chupo y la sorbo hasta que creo que es suficiente. Sé que está cachonda porque, aunque no se mueve de forma brusca cuando estoy cerca, intenta cualquier roce moviendo su pelvis.

Paso mis manos por sus muslos y los voy subiendo poco a poco, Lorena se ha colocado de rodillas detrás de Claudia, coge sus manos y las coloca en su espalda, ahora la jefa está en una postura demasiado vulnerable y tanto su empleada como la extraña que hace unos minutos se ha colado en su despacho pueden hacer con ella lo que quieran.

Cuando creo que es suficiente tortura y soy consciente que la mujer que tengo enfrente es capaz de aguantar estoicamente, decido meter mis manos entre sus piernas, notando al instante la humedad que ya llega a la mesa de su despacho. Introduzco dos dedos y los saco para comprobar lo mojada que está.

—Chupa —ordeno a la propietaria del local, que abre su boca y mete los dedos en su interior para hacer lo que le pido.

Vuelvo a bajar la mano y esta vez meto tres dedos haciendo que Claudia suspire al sentirlo y que mueva sus caderas al notar mis dedos dentro. Bombeo al mismo ritmo que se mueve y con el pulgar toco su clítoris, haciendo que la mujer que tengo delante no tarde en llegar al orgasmo entre espasmos.

—Esto solo acaba de empezar —afirma Claudia una vez recuperada.

Capítulo 5

Elea

Las manos de Claudia vuelven a recorrer mi cuerpo, su lengua se abre paso en mi boca, para después separarse, ladear mi cabeza y lamer mi cuello. Siento cómo vuelve a arder mi entrepierna, no soy capaz de controlar mis propios impulsos y termino agarrando a Claudia por el culo y pegándola más a mí exigiendo que acabe con esa tortura.

Noto como Lorena se coloca justo detrás de mí, pasa una mano por delante de mi cuerpo y hace que me separe un poco del escritorio para ella poder tener acceso a mi sexo. Cuando posa su mano entre mis pliegues, un gemido sale de mi boca sin poder controlarlo. No sé el tiempo exacto que tarda en mover con maestría los dedos, pero termino apoyada con las dos manos a cada lado de las piernas de Claudia y totalmente expuesta a Lorena para que me haga llegar al éxtasis.

Acabo suspirando y con la camarera apoyada en mi espalda. Es el sonido de mi móvil lo que hace ponerme recta y mirar para saber dónde lo he dejado.

—Lleva sonando un rato —afirma Lorena.

Cuando localizo mi bolso, saco el móvil y veo que es Estela, miro a las dos mujeres que tengo delante y descuelgo la llamada.

—Dime.

—¿Dime? Llevo cuatro llamadas con esta. ¿Se puede saber dónde estás? —reclama Estela.

—Estoy bien, ya salgo.

Antes de que mi amiga pueda decir nada cuelgo la llamada y vuelvo a mirar hacia ellas. Comienzo a sentir un sentimiento de vacío, porque realmente quiero que esto no se termine, pero, por otro lado, tengo a mis amigas esperando.

—Tengo que marcharme.

—Entiendo —dice Claudia—. Puedes asearte en el baño que es esa puerta que está a tu derecha.

Asiento y tras eso, recojo mi ropa y entro donde me indicó Claudia para lavarme las manos y la cara, decido por el espacio reducido del habitáculo que es mejor vestirme fuera, pero antes de salir me miro al espejo y sonrío sabiendo que todo esto es una locura, pero es la mejor locura que me ha pasado en la vida.

Al salir me paro de golpe porque veo que ahora Lorena está sentada en el escritorio y es Claudia la que tiene los dedos dentro de la camarera mientras esta no deja de gemir. Mi respiración comienza a ser de nuevo muy pesada y otra ola de excitación vuelve a mí, aunque intento controlar lo que estoy sintiendo, no puedo. Estoy petrificada viendo la escena y me doy cuenta de que lo que veo me gusta y que mi cuerpo reacciona por sí solo, ya que bajo mi mano a mi sexo y puedo notar como la humedad vuelve.

Mi teléfono suena de nuevo y es el que me hace volver a la realidad, quito rápido mi mano de mi sexo y miro el móvil maldiciendo el tener que marcharme. Mojada incluso más que antes, me pongo las bragas y me visto lo más rápido que puedo, porque los sonidos que emite Lorena se cuelan en mis oídos haciendo que me sea difícil salir de ese despacho.

—Mierda —maldigo al ver que Estela no cesa de llamar.

Salgo de esa habitación del placer lo más rápido que puedo, pero el roce del pantalón con mi parte íntima hace que una vez cruce la puerta tenga que pararme y bajar mi mano para apretar mi sexo, ya que el orgasmo está por llegar. Entre suspiros contenidos termino por correrme y sonrío por la forma que ha pasado. Bajo las escaleras hasta llegar de nuevo a la puerta que da acceso al restaurante, miro que todo esté en orden y salgo con tan mala suerte que me doy de bruces con una mujer.

—Perdona —me disculpo nerviosa.

Esa mujer solo me mira, sonríe, me guiña un ojo y sigue su camino, yo no sé si es por el estado en el que estoy o porque es la mujer más preciosa que he visto en mi vida, que siento que necesito salir de allí cuanto antes, porque mi entrepierna está a punto de volver a explotar.

Camino con paso firme hacia el exterior donde espero que estén mis amigas, una vez cruzo la puerta y el aire me da en la cara suspiro, intentando contener todas las sensaciones que me ha causado estar en ese sitio.

—Menos mal —protesta Estela acercándose.

No soy capaz de decir nada, solo sonrío como una gilipollas e intento soltar mis brazos para relajarme.

Pongo mis manos en mi cara sin poder responder a mis amigas, pero eso le confirma que sí, que he follado y mucho, y que no quiero parar de hacerlo.

—Ha sido una jodida pasada —reconozco.

—Cuenta, coño —pide Estela.

—Me han follado, pero bien —admito sintiendo el calor en mis mejillas.

María entrelaza su brazo con el mío y nos ponemos a caminar hasta nuestro hotel. Vamos en silencio hasta que me doy cuenta de que ninguna de las dos me ha contado qué le ha pasado en esa habitación.

—Necesitamos más información sobre lo que ha pasado en dondequiera que estuvieras —reclama Estela.

—Primero contadme lo vuestro. Después prometo contarles lo que ha pasado en ese despacho.

—Pues la experiencia… —empieza a relatar María.

Veo como mis dos amigas se miran y comienzan a reír y yo las miro extrañada porque no sé qué es lo que les hace tanta gracia.

—Mejor cuéntale tú —le dice María a Estela.

—Pues accedimos a una sala en la que había varias mesas, y encima de cada una dependiendo del número, un hombre o mujer encima.

—¿Cómo qué encima? —pregunto sin entenderla.

—Pues encima de la mesa, Elea, estaba solo con la ropa interior inferior.

—Y salisteis corriendo, imagino.

—No —dice María.

—Deja de interrumpir, chica —protesta Estela.

Asiento para que Estela siga contando su aventura junto a María.

—Las dos nos sentamos en la misma mesa, y podíamos comer todo lo que le pusiéramos encima al muchacho. En la mesa éramos cuatro, una de ellas cogió un bote de nata y comenzó a ponerle por el torso, la cosa es que nos pareció algo divertido y nos metimos en ese juego, siempre sabiendo poner límites que al final tanto María como yo estábamos casadas. Pero lo mejor vino después de una media hora, nos entregan unos sobres y nos dicen que es el postre final.

Estela se mantiene en silencio para crear algo de tensión y yo me desespero mirando a mis amigas, veo cómo María empieza a subirle los colores.

—¿Y? —digo levantando las manos para que continúe.

—Esta parte es mejor que te la cuente María, porque pecó de inocente.

—Me da vergüenza —admite roja como un tomate.

—La cosa es que yo imaginaba por dónde iba ese postre final, pero María al abrir el sobre vio el nombre de Alberto y se acercó a mí a susurrarme que le había tocado de postre ese que se llama "Príncipe Alberto", a mí me entró la risa y bueno tras tranquilizarme, le intenté explicar a María que creía que no era eso. Total, que empiezan a irse las mujeres con su postre y no era otra cosa que otros comensales. Yo decidí abrir mi sobre y en el mío ponía Eros, en ese momento creo que María se dio cuenta de que no se iba a comer un "Príncipe Alberto", sino un señor de la edad de nuestros padres que tenía cara de felicidad al saber que quien se lo iba a cenar era nuestra amiga.

He intentado en todo el relato mantenerme seria hasta que me ha explicado Estela como era el hombre y sin poder controlarlo comienzo a reír a carcajadas contagiando a mis amigas.

—Joder, es que encima a mí me toca una momia y a Estela un jodido pibón, era algo injusto —afirma limpiando sus lágrimas de la risa que nos ha entrado.

—¿Al final qué pasó? —pregunto intentando parar de reírme.

—Dijimos que había sido un error y un malentendido, y nos largamos de allí dejando a la momia y al muchacho a dos velas —comenta Estela.

—Yo si le iba a ser infiel a mi marido que me hubiera tocado el maromo y no ese señor de edad comprendida entre setenta y el pleistoceno.

—Te podrías haber quedado tú, Estela —sugiero.

—Lo pensé —afirma entre risas—, pero quiero demasiado al garrulo de mi marido. Aunque sé que esa oportunidad no se me presentará en la vida. Voy a tener que exigirle a Sergio que me debe un polvazo por lo que me he perdido —indica entre risa.

Seguimos riendo sobre cómo habían pasado las cosas y que como experiencia siempre respetando era divertido y fuera de lo habitual.

—¿Ahora dinos qué ha pasado contigo? — pregunta María.

—Bufff —respondo sintiendo cómo el calor invade mi cuerpo al recordar lo que pasó en aquel despacho.

—Cuenta —exige Estela.

—Tiene que ser cuando lleguemos al hotel, necesito verles las caras, cuando les cuente.

—Pues acelerar el paso que yo quiero enterarme ya —pide Estela tirando de nosotras.

Una vez en la habitación y con la exigencia de mis amigas a que les cuente, comienzo a relatarles parte de lo que me ha pasado, me he guardado algunos detalles, sobre todo el de cómo me excitaba mirar aquellas dos mujeres tener sexo delante de mí.

—Qué la del pueblo se ha montado un trío — dice Estela sorprendida.

—Bueno, fue algo que me encontré, yo montar, lo que se dice montar, no lo he montado.

—Ya, pero tampoco fue que te negara a hacerlo, guapa.

—Estela, si tú te hubieras encontrado con eso tampoco lo hubieras rechazado —afirmo.

—Rechazó a un joven muy deseable — confirma María.

—Digo si las dos estuvierais solteras, y se os presenta la oportunidad. ¿Qué hubierais hecho?

Mis amigas se miran y sonríen.

—Voy de cabeza —asegura Estela entre risas.

Miro a María que también asiente lo que dice nuestra amiga.

—Pues ya, eso hice. Tirarme de cabeza ante esas mujeres.

—¿Volverás a verlas? —pregunta María.

—No tengo ningún contacto, solo ha sido una experiencia más como la que vosotras dos habéis tenido.

Ellas se mantienen en silencio y en mi cabeza se agolpan miles de preguntas, pero hay una que se repite más que ninguna. ¿Por qué me sentí tan excitada al mirar?

Capítulo 6

Elea

La mañana siguiente, suena un teléfono en toda la habitación; me duelen los ojos al abrirlos y escucho a Estela protestar por haberla despertado.

—Perdón, se me había olvidado quitar la alarma —se disculpa María.

—¿Qué hora es? —pregunta Estela.

—Son las siete de la mañana.

—Me cago en la madre que te trajo, María —protesta Estela.

Escucho cómo alguna de las dos se revuelve en la cama, supongo que es Estela. Yo no puedo abrir los ojos, están demasiado pesados. Anoche nos acostamos a las tres de la mañana, así que me enrosco en la cama y espero volver a dormir.

Siento la claridad filtrarse por las ventanas, eso me despierta. Abro los ojos, que intentan adaptarse a la luz, y veo a Estela sentada en la cama con el móvil en la mano.

—Buenos días —digo estirándome en la cama.

—Buenos días —responde Estela.

Me incorporo en la cama y compruebo que María está totalmente tapada y sigue durmiendo. Miro mi móvil y son un poco más de las diez de la mañana.

—¿Ya te has duchado? —pregunto al ver que Estela parece tener el pelo algo húmedo.

—Sí, intenté dormirme y no pude, así que fui al baño y me di un baño antes de que os despertarais.

—Voy yo ahora, antes de que se despierte María.

—Esa cabrona, se deja la alarma del móvil activada y ahora mira, duerme como un bebé, mientras yo no pude volver a dormir.

Cuando salgo del baño, María ya está despierta, es su turno. Estela me comenta la ruta de hoy después de haberlo hablado con nuestra amiga.

Una vez que todas estamos vestidas, nos dirigimos a la cafetería más cercana para desayunar.

—Quiero churros —pide María al camarero.

Nosotras miramos a nuestra amiga, y después de pedir unos bocadillos, el camarero se retira.

Dos mesas a la izquierda, veo una mirada familiar, si no me equivoco, es la misma mujer con la que me choqué anoche en el restaurante. Mi cuerpo se tensa al recordar todo lo que ocurrió. La mujer me mantiene la mirada, y yo, avergonzada, bajo la vista, pero no puedo evitar alzarla movida por la curiosidad. Sigue allí, observándome, con un descaro que casi me hace sentir desnuda. Aparta la mirada cuando el camarero le trae su pedido.

—¿Elea? —escucho a Estela llamándome.

—Sí.

—Estábamos hablando con María de que primero vamos a comprar sus cosas y después quería mirar lo de la patineta de Javier.

—Perfecto —respondo, volviendo a mirar a la mesa donde está la mujer.

Al buscarla, veo que habla con la mujer con la que desayuna y su mirada ya no es para mí, sino para su compañera. No sé qué me pasa, pero tengo unas ganas irresistibles de levantarme y preguntarle por qué me mira tanto.

El camarero llega con nuestro pedido y empezamos a comer, sigo alternando la mirada y nuevamente la mujer me sonríe. No sé cuánto tiempo pasamos así, es como un juego de dos niñas y no me tenso hasta que veo que se levanta. Ella me mira fijamente y me hace un gesto con la cabeza, mientras leo la palabra "baño" en sus labios. Sin pensarlo, arrastro la silla y mis amigas me miran extrañadas.

—Necesito ir al baño —digo levantándome apresurada.

No les doy tiempo a responder y voy en dirección a donde ella ha ido, entro en los servicios y la veo apoyada en el lavabo. Mi nerviosismo aumenta y mi respiración se acelera. Entra en uno de los cubículos y yo, sin pensarlo, camino hacia él.

Cierra la puerta y echa el pestillo, mientras yo, nerviosa, me pego a la pared intentando controlarme.

—No muerdo —susurra pegada a mí—, o al menos no contigo.

Quiero decirle que quiero que me muerda y que haga conmigo lo que quiera. Desde ayer no me reconozco.

—Te vi anoche en el restaurante.

—Yo también te vi —afirmo agitada.

—Y por cómo saliste, me imagino que lo pasaste muy bien con Claudia.

—¿Cómo lo sabes?

—Vi cómo Lorena te coqueteaba y supuse que era a Claudia a quien le interesabas. Todas caemos en sus manos de la misma manera.

—Tú también...

—También, ¿qué? —dice pasando su lengua por mis labios.

Intento atraparla sin éxito y este juego me está matando.

—¿Has participado en sus experiencias?

—Por supuesto —afirma pasando un dedo por debajo de mi blusa.

La mujer coloca su boca en mi oído y muerde mi lóbulo, coloca sus manos en mi cintura y con exigencia me acerca a ella.

—Deseo follarte —susurra, haciendo que mi cuerpo tiemble.

—Yo quiero que lo hagas —digo sin saber cómo han salido esas palabras de mi boca.

Pongo una mano en su nuca y exijo que pegue su boca a la mía. Nos besamos desesperadamente, la excitación de ambas aumenta y mis manos recorren su cuerpo. Sin poder controlarlo, la giro y la presiono contra la pared.

Sonríe al ver que pongo mis manos en sus hombros y luego meto mi cara en su cuello, pasando mi lengua. Suspira al sentirlo y decide que bajar su mano y hacer presión sobre mi pantalón es la mejor idea. Me separo y la miro agitada y muy excitada.

—No quiero hacerlo aquí —susurra, poniendo una mano en mi pecho para alejarme.

—Necesito... —digo respirando demasiado rápido.

—Lo sé, pero debes aprender a jugar.

—Me va a explotar —reconozco.

—No más que a mí —indica cogiendo una mano para meterla entre sus pantalones.

Una vez tengo la mano dentro puedo notar la humedad e intento jugar son su sexo, pero la mujer es más rápida y saca mi mano.

—He dicho que aquí no —dice autoritaria.

Suelta mi mano y pienso que si sigo provocándola podré saciarme de ella, así que los dedos que antes estaban entre sus pliegues ahora están en mi boca. Veo cómo cierra los ojos intentando contenerse.

—¿Cómo te llamas? —pregunta exigente.

—Elea.

—Muy bien, Elea. Esta es mi tarjeta —me la entrega después de sacarla del bolsillo trasero de su pantalón—. Llámame y podremos terminar esto.

—No me vas a dejar así, ¿verdad?

—Tengo prisa, entré solo a darte la tarjeta, no esperaba que fueras así de traviesa —comenta mordiendo su labio.

—Yo no soy así, yo...

—Sssshhh. No lo estropees y llámame.

Tras decir eso la mujer sale del baño, y yo me tengo que apoyar en la pared e intentar calmarme.

—Virginia Alemán. Abogada —leo en la tarjeta que me acaba de entregar.

Capítulo 7

Elea

Me lavo las manos y voy a la mesa donde están mis amigas. Al salir, miro en dirección donde estaba Virginia y veo con tristeza que no está. Camino hasta la mesa de mis amigas y tomo asiento.

—¿Todo bien? —pregunta preocupada María.

—Sí, es solo que creo que me ha sentado algo de la cena mal —miento intentando justificar mi tardanza.

—Si no te encuentras bien, puedes volver al hotel —me indica María acariciando mi brazo.

—Tranquila, creo que ya lo peor ha pasado.

—Vale, pero si te encuentras mal, lo dices y te acompañamos, no aguantes por nosotras.

Asiento y bebo un poco de agua, miro a Estela que está absorta en el móvil. Cuando terminamos, pagamos la cuenta y caminamos con calma hasta llegar al primer destino. Como era de esperar, hay mucha gente, por suerte la tienda es grande.

—Madre mía, qué ropa más fea —dice Estela señalando unas blazers de color fosforito.

—Pues parece que va a estar de moda —apunto tras mirar a mi alrededor.

Seguimos mirando, estar con las chicas hace que por un momento no piense en lo que me ha pasado estos dos días. Estela protesta con cada ropa que encuentra, diciendo que no se la pondría ni su abuela, y María comenta que la gente de gustos raros también tiene derecho a vestirse.

Sobre las dos y media, muertas de dar vueltas y con más bolsas de las que podía imaginar en cada mano, decidimos parar a comer.

—Casi te llevas la tienda —afirmo mirando todo lo que ha comprado María.

—Yo he venido a esto, aparte la niña necesitaba ropa y Martín también.

—Cuando tu marido vea el gasto en la cuenta temblará —comenta riendo Estela.

—Pues que separe las cuentas, que el dinero que hay en ella también es mío —afirma entrecerrando los ojos.

Pedimos la comida y tras comer nos dirigimos al hotel a dejar las cosas y de vuelta a la calle para ahora ir a la tienda para que Estela mire la patineta para Javier.

Entramos en una tienda sin pensar demasiado, tiro de Estela antes de que se arrepienta y le pido al chico que le explique lo que ella necesita. Como era de esperar, lo bombardea a preguntas y ella todavía no está convencida del todo.

—Podría ponerle un localizador a la patineta —indica el chico y a Estela se le dibuja una sonrisa.

—¿Cómo? —pregunta curiosa por saber.

—Hay dispositivos pequeños, se le puede colocar en la parte inferior de la patineta y con una aplicación sabría dónde está en todo momento.

—Eso de vigilar a tu hijo, yo no lo veo —susurro a Estela, pero el chico me escucha.

—No es para vigilancia, es por seguridad por si le roban la patineta, ya sabes el vandalismo que hay.

Si parecía bobo el muchacho, y míralo justificando que una madre sepa dónde está en cada momento su hijo adolescente.

—Claro, Elea, es por seguridad —asegura Estela.

Niego con la cabeza y es mejor no protestar porque me soltará alguna de las suyas, que me calle si no tengo hijos y la realidad es que tendrá razón. Así que, para no escuchar los trapicheos de mi amiga con el vendedor, decido mirar la tienda, ya que no descarto comprar una para mí. Me vendría bien para ir a sitios cercanos y no tener que sacar el coche.

María se queda al lado de Estela y yo recorro la tienda mirando los modelos que hay y lo rápido que pueden llegar a ser esos aparatos. En el reflejo de una de las vitrinas que estoy mirando, veo a una mujer y me giro instintivamente pensando que quizá pudiera ser Virginia. Al darme la vuelta, compruebo que no lo es. Meto la mano en mi bolsillo trasero del pantalón, saco su tarjeta y la vuelvo a leer. Me pregunto por qué no la he llamado todavía y la razón no es otra que no lo hago porque no estoy sola. Guardo la tarjeta y lo único que deseo es que este fin de semana pase rápido y, una vez en casa, poder hablar con Virginia. Tengo seguro que lo único que me retiene a hacerlo es eso, la compañía de María y Estela.

—Salgo a la compañía de teléfono a comprar una tarjeta de datos, vuelvo enseguida — me comenta Estela tras acercarse a mí.

Asiento y voy donde está María. Veo que el chico está sacando una de las patinetas.

—¿Se la lleva montada? —pregunto a María.

—No, esto es solo para colocarle el localizador.

Pongo los ojos en blanco mientras María se encoge de hombros.

—Al menos Javier tiene cómo desplazarse.

Prefiero no opinar más del asunto. Espero paciente y una vez está todo como Estela quiere y tiene la aplicación instalada en su móvil, vamos con un armatoste por caja al hotel y la subimos a la habitación. Tiene miedo de dejarla en el coche y que se lo intenten abrir.

Por la noche no tenemos plan y aunque estamos cansadas del día, Estela y María quieren aprovechar hasta el último minuto en la capital y deciden salir a cenar y tomar algo en algún local de ambiente. Tras mis protestas de que podría ser en otro lugar, ellas aseguran que es más seguro en un local así. Yo no quiero discutir y acepto.

Una vez cenamos, estamos sentadas en un pub donde Estela asegura que es el mejor de la zona.

—Está lleno de mujeres interesantes, Elea.

—Estela, serían interesantes si superaran los treinta.

—Es colágeno, chica.

—¿Colágeno? —pregunto sin entender.

—Claro, alguien más joven que te dé un buen meneo y solo tienes que disfrutar, ¿quién eres tú para ponerle edad al amor?

María, al escuchar a Estela, no puede aguantar las ganas de reír, mientras yo niego con la cabeza.

—Paso de que puedan mear la cama donde duermo.

—Sosa, es solo una alegría, cerrar el fin de semana por todo lo alto.

—Ya tuve suficiente ayer, Estela —aseguro intentando que los recuerdos no vuelvan.

—Pero no tienes contactos, aquí puedes sacar alguno —afirma María encogiéndose de hombros.

Muerdo mi labio y recuerdo que, aunque me he cambiado de ropa, he vuelto a meter la tarjeta de Virginia en el bolsillo trasero de mi pantalón. La saco y la coloco encima de la mesa, bajo la atenta mirada de mis amigas.

—¿Y esto? —pregunta Estela cogiéndola.

—Para que veas que sí que tengo un contacto.

—Virginia Alemán, pero si no recuerdo mal ninguna de las dos se llamaba así.

—Ha sido esta mañana, en los baños de la cafetería.

—¡Qué zorra! Y después dice que se encontraba mal —protesta María golpeando mi hombro.

—Yo no dije eso. Tú lo diste por hecho.

—Me dijiste que te sentó mal la cena —asegura.

—Bueno, da igual eso ahora —apunta Estela, que sigue con la tarjeta en la mano—. ¿Cuándo la vas a llamar?

—Cuando vuelva al pueblo.

—Brindemos por eso. Porque nuestra amiga ha salido de la castidad autoimpuesta —dice alzando la copa Estela.

Tras brindar, nos quedamos un poco más en el local hasta que decidimos volver al hotel. Mañana es un día largo también, ya que regresamos a la rutina del pueblo y a nuestras vidas.

Capítulo 8

Elea

El domingo llegué a casa agotada. Nos levantamos temprano para meter todo en el coche y después ir a desayunar y dirigirnos a nuestro pueblo. Como ya estaba en el lío, decidí ir a casa de mi madre y almorzar con ella.

—¿Qué tal todo por la capital? —me preguntó mientras me servía la comida.

—Pues bien, hemos comprado mucho y nos lo hemos pasado bien.

—Me alegro tanto, hija, que por fin hayas salido de tu encierro.

—No estaba encerrada, mamá —protesté.

—Desde que te dejó esa mujer, no salías de casa —comentó una vez se sentó.

—No es así, mamá. Salgo, lo que no tanto como antes —intenté excusarme.

—Bueno, eso ahora da igual. Es importante que hayas decidido salir un poco de este pueblo. Ahora tómate la sopa antes de que se enfríe.

Tras la comida y mi madre decirme que debo salir más, me propone ir dentro de dos semanas con ella a la ciudad, ya que quiere ver esas tiendas que le dice su amiga Gloria.

Mi madre ha vivido toda su vida en este pueblo, no le ha hecho falta salir de aquí para absolutamente nada. Solo en una ocasión fue a la ciudad y se abrumó tanto que dijo que no volvería, que lo que ella necesitaba ya lo tenía en donde vivía.

—Podemos ir cuando quieras, lo único que no quiero es que el bullicio te agobie.

—Tú por mí no te preocupes, yo estaré bien —me aseguró.

Mi madre lleva viuda cuatro años, mi padre simplemente una mañana no se despertó. Todavía recuerdo cuando me llamó desesperada, tengo los gritos de mi madre grabados a fuego en mi interior. Se había ido el hombre con el que había compartido toda su vida, su confidente, su amigo inseparable y un padre espléndido.

Una lágrima traicionera recorre mi rostro al recordar el momento. Limpio mi cara y me meto en la ducha. Después me pongo el pijama y voy a la cama. El recuerdo de mi padre sigue muy presente y sonrío al recordar cuando me decía que tenía que disfrutar de la vida y de la libertad que había hoy en día.

Camino hasta el baño y lleno la bañera hasta que creo que es suficiente para no desbordarla. Me meto y siento cómo el calor del agua me relaja. Me recuesto y apoyo la cabeza en el borde. Intento dejar la mente en blanco, pero el recuerdo del viernes por la noche vuelve. Claudia besándome y cómo Lorena me tocaba desde atrás. Todo pasa como si lo estuviera volviendo a vivir en ese momento, y sin poder controlarlo, bajo una mano hasta mi sexo y comienzo a acariciarme con delicadeza, para terminar, moviendo con más rapidez entre suspiros hasta que llego al orgasmo.

Salgo de la ducha relajada y voy hasta la habitación. Veo que la tarjeta de Virginia la he dejado en la cómoda. Tengo la tentación de llamarla, pero no sé si es lo correcto o no, y el miedo que siento a descubrir que quizá me guste demasiado ese mundo que descubrí el viernes, y que Virginia sabe que existe, hace que vuelva a dejar la tarjeta y me meta en la cama, pensando que lo mejor es hablar con María y contarle lo que me está pasando.

Me despierta el sonido del móvil como cada mañana de lunes a viernes. Lo apago y me estiro en la cama. Por suerte, he podido dormir. El cansancio que tenía del fin de semana ha hecho que no diera demasiadas vueltas a mi cabeza y terminara por caer en un profundo sueño sin apenas darme cuenta.

Comienzo mi rutina diaria y una vez me he tomado el café, recogido la casa y puesto un lavado para tenderlo, después miro el reloj y veo que María ya debe estar en casa, ya que son más de las nueve y media de la mañana. Por si acaso, decido llamarla, por si ha tenido que salir a hacer algo.

—Dime —responde enseguida.

—¿Estás en casa?

—Sí, ¿ha pasado algo? —pregunta preocupada.

—No, solo necesito hablar contigo.

—Ven a casa.

No me deja responder, cuelga la llamada. Cojo el abrigo, ya que todavía hace un poco de frío, y voy en dirección a casa de mi amiga. Decido ir caminando, tampoco es que vivamos muy lejos una de la otra.

—Menos mal que llegas —protesta cuando me abre la puerta.

—He traído churros —digo alzando la bolsa.

—Buff, debe ser grave porque traerme churros a esta hora de la mañana.

Yo me encojo de hombros y accedo a la vivienda. Nos vamos a la cocina y ella prepara café con leche, mientras yo saco un plato para colocar los churros encima.

—Cuéntame —me pide una vez toma asiento y coge un churro.

—Verás, el otro día descubrí algo cuando estuve con aquellas mujeres.

—¿Lorena y la jefa?

—Sí, y es que después de todo lo que pasó, cuando yo entré al baño para asearme un poco y volví a salir a vestirme, me encontré a Lorena y Claudia —intento explicar con las manos lo que estaban haciendo y María abre mucho los ojos al ver mis gestos—. En el lío, coño.

—Follando.

—Eso.

—Pues sé clara y deja de hacer cositas con las manos.

—Vale, pues eso, ellas dos estaban entretenidas y cuando me quedé mirando, mi excitación subió demasiado. No puedo describir con palabras lo que pasó, María, pero fue algo muy bestia, nunca me había sentido así. La cosa es que Estela insistía en llamarme y me vestí rápido, aunque estaba súper cachonda y cuando salí de allí, me tuve que parar porque llegué al orgasmo simplemente con el roce del pantalón. Jamás me había pasado. Creo que soy una pervertida.

—No eres ninguna pervertida, Elea. Seguro que todo fue por la excitación del momento, no debes darle vueltas.

—¿Y si no fue solo eso y ahora me gusta mirar a las mujeres cómo lo hacen?

—Pues descubre si eso te gusta.

—No puedo. ¿Cómo lo hago?

—Busca a alguien, vuelve a ese restaurante.

—No puedo volver. Creo que debo descubrir primero si me gusta o no, si soy una pervertida y si esto tiene solución.

—Creo que estás sacando un poco las cosas de madre, Elea. Es sexo, te lo has pasado bien y ya —resuelve volviendo a morder otro churro.

—Me voy a volver loca, no dejo de pensar en eso.

—Yo creo que lo que te pasó fue por el momento, y si no es así y te gusta mirar tampoco hay nada de malo, mientras las otras dos personas estén de acuerdo.

—Tienes que decirme que eso es de pervertida, María.

—Si has venido a eso más vale que te largues. Ve a hablar con Margot y cuéntale lo que te pasa, ella sabrá guiarte mejor que yo.

—Creo que eso haré. Primero descubrir si es normal y después ya veo lo que hago.

María pone los ojos en blanco y sigue comiendo buena parte de los churros.

De camino a casa, llamo a Margot y le pido que necesite una cita con urgencia y por suerte tiene un hueco libre para esta tarde.

Capítulo 9

Elea

A las siete de la tarde estoy en frente de la puerta de Margot, nerviosa. Entro y veo a su secretaria Elsa, que me saluda y me indica que espere un momento que está terminando con un paciente. Quince minutos después, sale la persona que estaba dentro y Margot lo despide en la puerta, le indica a Elsa que le dé cita para dos semanas y que después se puede ir.

—Pasa, Elea —me indica.

Entro al despacho y tomo asiento en el enorme sofá que tiene Margot, me pongo cómoda como siempre hago y Margot se sienta en el sillón que tengo de frente.

—Pues tú dirás que te ha traído con tanta urgencia hasta aquí.

Tras unas respiraciones intentando relajarme, le relato a Margot mi fin de semana y lo escucha atenta, absolutamente todo. Intento ver si hace algún gesto, pero la mujer que tengo en frente no dice absolutamente nada y solo apunta algo en la libreta que tiene entre las manos.

—Es todo un avance que hayas salido de tu círculo y que hayas terminado teniendo sexo con otra mujer.

—Mujeres —puntualizo.

—Mujeres —afirma asintiendo Margot—. Pero no veo ningún problema en eso, Elea. Eran tres mujeres adultas que sabían a lo que iban, aunque en un principio tú no del todo, pero después decidiste participar. Porque realmente nadie te obligó, ¿verdad?

—Exacto, todo fue un acto voluntario, nunca me sentí presionada.

—¿Entonces? —pregunta para poder entender por qué estoy en su despacho.

—Verá...

Comienzo a contarle lo que pasó después y cómo me sentí, que era la primera vez que me pasaba y que eso debía de ser alguna perversión. Al escuchar esas palabras, Margot sonríe, lo cual me desconcierta ya que hasta ese momento había mantenido una expresión seria.

—Ve, ¿cómo soy una pervertida? —insisto señalando su sonrisa.

—¿Crees que eres una pervertida por el simple hecho de que te gusta mirar?

—Exacto.

—Permíteme decirte que no lo eres, Elea. Es normal lo que te pasa —afirma convencida.

—No lo es, ¿por qué no me había pasado antes y ahora sí?

—Sí que te ha pasado, y a todos nos sucede. Simplemente no lo asociamos con mirar, como tú lo estás haciendo ahora.

—No te entiendo —respondo entrecerrando los ojos.

—A todos nos excita mirar, de lo contrario no existiría el porno, Elea. Algunas personas les gustan más que otras, pero el hecho de ver a dos personas practicar sexo hace que nos excitemos y puede llevarnos a la masturbación o a hacer algo con nuestras parejas.

—Eso es distinto.

—¿Por qué? ¿Qué es lo que según tú tiene de distinto?

—Lo hacen para eso, para que nos excitemos.

—Nos pasa eso porque nos gusta mirar a todos, cada persona que mira porno lo hace para poder calentarse. Le da igual que sea un vídeo casero, profesional o lo que sea, nos gusta mirar. Lo único es que tú lo has descubierto viendo a dos mujeres delante de ti hacerlo. No tiene nada de malo lo que sientes, Elea, es normal que te sientas así.

—Es que fue muy bestia, Margot.

—Llevabas tiempo sin nadie y si me apresuras a adivinar, diría que sin sexo. Quizá si te vuelve a pasar no sea tan bestia como tú dices, o quizá sí y no pasa nada, Elea. Mientras no hagas daño a nadie y haya unas reglas y sean aceptadas, no hay nada de malo que mires.

Pongo mis manos en la cara y la tapo debido a la vergüenza que siento en ese momento.

—No debes avergonzarte de algo que es normal. ¿Puedes volver a probar?

En mi cabeza aparece lo que me sucedió con Virginia y como me dijo que la llamara si quería jugar. Al recordarlo los colores me comienzan a subir y noto cómo mi cuerpo arde al pensar en la mujer que me encerró en el baño.

—Vaya —dice Margot al ver mi expresión—. Un fin de semana en la ciudad y has dado rienda suelta a la Elea contenida. Me alegra saber eso.

—Tengo mil dudas en la cabeza.

—Debes descubrir lo que te está pasando, y antes de que lo repitas, no eres una pervertida.

—¿Y si después resulta que fue el momento y no me gusta? —pregunto.

Estoy tan nerviosa que ahora vuelvo a dudar de todo, si será correcto o no llamarla y si ella quiere enseñar a una pardilla de pueblo a descubrir un mundo que hasta ahora no había descubierto.

—Si no lo pruebas otra vez nunca sabrás si fue el momento o realmente te gusta, y cualquiera de las dos cosas son válidas, Elea, no olvides eso.

—Bufff, ¿quién me mandaría a mí a salir de este pueblo?

Al escucharme, Margot se ríe y me contagia por su risa.

—Ya me gustaría a mí descubrir algo de eso en un fin de semana —afirma limpiando sus lágrimas.

—Siempre puedes ir al restaurante y solicitar las experiencias como hicieron María y Estela.

—Quizá lo pruebe —afirma poniéndose de pie.

La imito y la abrazo por hacerme sentir que no soy un bicho raro y que debo descubrir qué es lo que me pasa, aunque mi amiga ya me lo había dicho, pero ella no contaba, es amiga y no es imparcial, en cambio, Margot a pesar de llevar con ella tiempo, es una señora que, aunque nos trata con cariño, sabe mantener la distancia, esa que yo ahora mismo me acabo de saltar al abrazarla.

Cuando salgo del despacho subo a mi coche, saco la tarjeta de Virginia que tengo en mi bolso y marco su número de teléfono en mi móvil para guardarlo. Una vez en la agenda, dudo si llamar o no y, movida por un impulso, aprieto el botón de llamada y espero paciente a que Virginia descuelgue, pero ese momento no llega y salta el contestador.

"Está usted hablando con el contestador de Virginia Alemán. Si quiere dejar un mensaje, hágalo después de la señal"

Dejo que salga todo el mensaje y termino por colgar maldiciendo la mala suerte que he tenido, ahora que me he decidido, me salta el contestador.

Enciendo el coche y me dirijo a mi casa, solo espero que mañana cuando lo vuelva a intentar, Virginia sí que descuelgue la llamada.

Capítulo 10

Elea

Estoy en la cama, sin poder conciliar el sueño. Sigo dándole vueltas tanto a la charla con mi amiga como la que hace unas horas tuve con Margot. Miro el teléfono y veo que son las once y media de la noche. Entro en el *WhatsApp* y busco el nombre de Virginia y abro el chat. Dudo si escribirle o no, sé que es demasiado tarde, yo no trabajo, pero ella sí que lo hace y por la hora que es, seguro estará dormida. Resoplo pensando qué es lo correcto y al final la necesidad porque sepa que ese es mi número hace que comience a teclear.

—*Disculpa la hora, soy Elea, la chica de la cafetería del domingo por la mañana. Es para que tengas mi número.*

Le doy a la tecla de enviar y espero un poco. Como era de esperar no recibo respuesta, pero soy insistente, según mi madre, cabezota, y para que le quede claro que quiero hablar con ella, vuelvo a escribirle.

—*Te llamé antes, pero me saltó el contestador. Espero que podamos hablar.*

Vuelvo a dar a enviar y el resultado es el mismo que el anterior mensaje. Ahora estoy más nerviosa que antes. Decido encender la televisión para intentar dormirme con ella de fondo.

Abro el Netflix y me paso un buen rato mirando lo que hay y al final decido poner una película romántica de Navidad. Esas que por causa del destino terminan en un hotel perdido y todo nevado que te hace imposible moverte del sitio. Sonrío y pienso que ojalá la vida a veces fuera así de sencilla, pero la realidad es bien distinta y para encontrar a alguien con tus gustos, afinidades y sobre todo que no esté loca, a una cierta edad, llega a ser una experiencia de alto riesgo.

Es el sonido de mi móvil el que me despierta, desorientada, palpo la cama buscando dónde lo he dejado y cuando soy capaz de encontrarlo deja de sonar.

—Mierda —maldigo encendiendo la luz de la habitación.

Activo la pantalla de mi móvil para ver qué hora es y refleja la llamada perdida, "Virginia". Dudo si devolverle la llamada o no, pero llevada por la impaciencia llamo y después de tres tonos me cuelga, miro el teléfono con los ojos muy abiertos, sin entender por qué ha hecho eso. Abro el *WhatsApp* y le escribo.

—*Hola.*

—*Hola, Elea.*

—*No me dio tiempo a coger el teléfono.*

—*Voy a entrar a la ducha para ir a trabajar.*

—*Vale. Cuando puedas necesito que hablemos.*

Tras leerlo, en mi teléfono se refleja una llamada de Virginia y no dudo en responder.

—¿Qué quieres hablar conmigo? —pregunta nada más descolgar.

—De lo que pasó en los baños.

—Yo no quiero hablar, Elea —susurra a través del teléfono.

Mi respiración comienza a acelerarse y mi ritmo cardíaco va en aumento.

—¿Qué es lo que quieres? —pregunto nerviosa.

—Comerte. Eso quiero.

Al escucharla noto como mi cuerpo se estremece y mi sexo comienza a palpitar, nunca nadie me había puesto como lo hace ella con una palabra.

—Elea, ¿estás bien?

—Eh… Sí. Yo quiero que me comas —acepto llevada por lo que siento.

Escucho a Virginia suspirar por el teléfono y sentir que ella también comienza a estar agitada, hace que mi cuerpo arda en deseo.

—Quiero correrme con tu voz. Solo necesito que te toques y escucharte.

—No puedo hacer eso, Virginia.

—Estás tan cachonda como yo, lo noto en tu respiración. No puedo presentarme en la oficina así, necesito relajarme.

—Me da vergüenza —admito.

—Pues en el baño no parecía que tuvieras mucha vergüenza.

—Fue distinto, te tenía delante, tú hiciste que…

—¿Qué hice?

—Que se me nublara el juicio, yo no soy así. Soy mucho más comedida.

—Esas son las peores. Elea, tengo el tiempo justo de entrar a la ducha y ducharme, dime si me vas a ayudar o tendré que hacerlo sola.

—¿Te vas a tocar?

—Por supuesto. De hecho, me estoy quitando la ropa.

Trago saliva imaginando como Virginia se va desnudando, escucho su respiración y comienzo a agitarme de nuevo.

—No puedes mojar el teléfono —digo en un intento para que no haga nada.

—Tengo auriculares y son resistentes al agua. Estoy totalmente desnuda, Elea, y solo deseo que me toques.

—Mierda, Virginia, no hagas eso.

—Sabes que lo deseas tanto como yo.

Escucho a Virginia suspirar y me imagino que ya tiene su mano en su sexo. Meto mi mano, entre el pijama y mis bragas y me sorprendo de la humedad al poner mis dedos en él. Suspiro al notarlo.

—No suspires así o me correré demasiado rápido.

Empieza un juego de respiraciones a través del móvil, yo escuchándola a ella y ella a mí, es un juego que jamás había hecho, pero que hace que termine jadeando y pidiendo que necesito tocarla mientras llegaba al orgasmo.

Nos mantenemos en silencio, Virginia intenta controlar su respiración y yo calmarme tras lo que acabo de sentir. Escucho agua caer e imagino que ya se está duchando, muerdo mis labios pensando en lo que daría por estar ahora mismo junto a ella y poder recorrer su cuerpo con mis manos.

—¿Estás bien? —escucho de pronto que me pregunta.

—Sí. Es la primera vez que hago algo así.

—Quiero verte. Esto del teléfono está bien, pero tenemos algo pendiente.

—Yo también quiero.

—Miro mi agenda y quedamos para vernos.

—Vale.

—Ahora voy a terminar de ducharme y salir a la oficina, porque si me sigues hablando no sé si llegaré a tiempo a la reunión que tengo.

Tras eso nos despedimos y soy yo la que cuelga la llamada, tiro el teléfono a un lado y comienzo a reírme por lo que ha pasado. Me levanto de la cama y voy a la ducha con una sonrisa que será muy difícil que me quiten durante el resto del día.

Capítulo 11

Virginia

Desde que vi a esa mujer en el restaurante y cómo entraba a la sala que habilita Claudia para sus juegos, algo en mi interior se estremeció. Llevaba toda la noche observándola junto a las otras dos chicas y cómo Lorena se le insinuaba. Sabía que ya estaba en la mira de la dueña del restaurante, lo que no imaginé es que ella se atreviera a hacerlo.

—¿Qué miras? —me preguntó Gaby al no prestarle atención.

—Nada —respondí, desviando la mirada de aquella mujer.

Gabriela al ver que no respondía, decidió girarse hacia donde se iba mi vista y localizó la mesa con las tres mujeres.

—¿Cuál de ellas?

—Ninguna.

—Mira, Virginia, llevo un rato intentando contarte la reunión que tenemos el martes y la estrategia a seguir, ya que el lunes te lo pasarás en los juzgados. No me has hecho caso en absolutamente nada.

—No volverá a pasar —le prometí, mordiendo mi labio mientras mi mirada volvía aquella mesa.

—No deberíamos haber venido a este restaurante —bufó, apoyando la espalda en la silla.

—Fue idea tuya —le increpé sonriendo.

—Es que la comida aquí es exquisita.

—Siempre hay cosas nuevas, muy interesante —le aseguré, volviendo a mirar al grupo de mujeres.

—No tienes remedio —aseguró sonriendo—. Ya que no te vas a concentrar a lo que hemos venido, al menos vamos a disfrutar de la comida, mientras tú deleitas tu vista.

Sonreí mirando a mi amiga y compañera de trabajo, mientras veía cómo Lorena le susurraba algo a la mujer que acaparaba mi atención. La camarera se fue y volvió al rato con los papeles para que anotaran los nombres. Por un momento pensé que no iba a ir con Claudia, ya que ella rehusó escribir su nombre, pero sabía que Lorena no se iba a dar por vencida y conseguiría lo que fuera para su jefa.

—Tendremos la reunión mañana por la mañana y me da igual que sea sábado —me advirtió Gaby.

Como era de esperar, todas entraron. Lo que no esperaba era que, cuando venía del baño, me chocara con ella al salir de la sala de juegos. Su olor me invadió las fosas nasales y sabía que, si antes deseaba tenerla en mi cama, ahora lo necesitaba. Quería follar con aquella mujer de todas las formas posibles.

La mañana siguiente, la suerte estuvo de mi parte y pude saber su nombre y dejarle mi tarjeta, mientras Gaby resoplaba por dejarla sola en la mesa. Todo eso había pasado en un fin de semana que nos lleva hasta hoy. Pensaba que no me llamaría, pero lo ha hecho y el orgasmo que acabo de tener con ella al otro lado de la línea me sabe a poco, quiero más, mucho más de Elea.

Después de salir de la ducha y comenzar a secarme, reflexiono sobre mi estilo de vida la cual me gusta. No creo en el compromiso, porque eso lo desgasta todo. Mis amigas me dicen que si no me siento sola cuando llego a casa y no tengo a nadie esperándome para abrazarme, en realidad es algo que nunca he tenido y que no se añora lo que no se tiene. Para mí, el amor es un estado que dura lo que dura, una media de tres años. Después, no queda más que la fortaleza de la relación, amistad o lo que hayas creado con la otra persona.

El amor hace que mostremos la mejor cara de nosotros mismos, pero después salen todos los reproches. Vivo la vida que he elegido tener y la que quiero. Soy una mujer segura de sí misma que vive sola por elección y disfruto del sexo de manera libre. Afortunadamente, me muevo en un entorno que muchas son como yo, un ejemplo de ello es Claudia. Vivimos nuestra sexualidad libre y sin ataduras.

Al mirar el reloj veo con horror que son casi las ocho de la mañana. Pienso en que Gaby me va a matar por no presentarme a la hora indicada, aunque la reunión con el cliente es a las nueve.

Llego a las oficinas a las ocho y media, subo y cuando accedo a la planta veo a mi amiga nada más salir del ascensor.

—Tengo una explicación —digo caminando para dirigirme a la sala de juntas.

—Seguro que la tienes y es un nombre de mujer.

—No —aseguro mordiendo mis labios para no reír.

Entro a la sala en la que veo que Gaby ha dispuesto todo en cada lugar. Le hago un gesto cortés para que pase, mientras ella me mira queriendo fulminarme.

—Tenemos todo, Gaby. No entiendo por qué te preocupa el cliente. Vas a encargarte de todas las gestiones legales de la empresa. No comprendo ese miedo que llevas teniendo hace días.

—Necesito que todo salga bien, Virginia. Me juego ser socia del bufete. Si esto no sale, será un paso atrás en mi carrera.

—Va a salir bien, es más, ni siquiera me necesitas. Eres lo suficientemente capaz para manejar cualquier asunto con ese hombre.

—Lo sé, pero él siempre viene con su hijo y ese hombre me intimida más que su padre. Necesito que estés a mi lado, Virginia.

—Entiendo. Te aseguro que lo harás bien. Ya has pasado la peor parte sola. Estaré aquí para lo que necesites.

Gaby suspira y no consigue relajarse. No entiendo cómo una mujer con su seguridad ahora mismo esté como un flan. Decido que para relajarla mientras esperamos a los clientes contarle lo que me ha pasado esta mañana con Elea. Le detallo lo que ha pasado y veo cómo ella sonríe mientras niega con la cabeza.

—Envidio tu capacidad para no comprometerte y poder vivir el sexo libremente.

—Es que es solo eso, Gaby, sexo entre dos mujeres adultas.

—Lo sé, pero se me hace tan difícil a mí en el entorno que vivo encontrar un hombre que solo quiera pasarlo bien y después nada de drama o que vaya con sus amigos alardeando.

—Los hay, lo que tú has tenido la mala suerte de dar con niñatos. Pero te aseguro que ahí fuera hay hombres así.

—Pues si encuentras uno, avísame —dice mientras tocan en la puerta.

Las dos alzamos la vista y veo a Beatriz, le hacemos una seña para que entre.

—Buenos días, el Señor Eduardo Bravo y su hijo están aquí.

—Hazlo pasar —dice Gaby colocándose en la silla.

—Tranquila —digo agarrando su mano.

A lo lejos veo a los señores venir. Yo sabía quién era el padre, pero al hijo no le ponía cara hasta ahora. Antes de que accedan a la sala miro a mi amiga.

—Él puede ser el hombre que buscas —susurro y noto cómo mi amiga se tensa.

Tras saludar a los señores Bravo tomamos asiento y Gaby comienza a explicarles las ventajas de trabajar con nosotros. Tras terminar y firmar los contratos que hacen que la empresa de los señores Bravo sea cliente del Buffet, mi amiga se gira y me abraza.

—Lo hemos conseguido —dice alegre.

—No, lo has conseguido tú. Yo no he abierto la boca en toda la reunión.

—Me has servido de apoyo —asegura volviendo a abrazarme.

Cuando voy a salir de la sala, para ir a mi despacho y comprobar qué tarde puedo quedar con Elea, Gaby me sujeta del brazo y yo la miro sin entender que es lo que quiere.

—¿Por qué me dijiste que él puede ser el hombre que busco? —pregunta con curiosidad.

—Porque le gusta jugar —aseguro arqueando una ceja.

—¿Qué?

—He visto a Diego en alguna fiesta. Lo que como bien sabes mis gustos, no son los hombres.

—Pero si es un crío. Tiene veintiocho años.

—Veo que ya habías buscado información del chico —afirmo molestando a mi amiga.

—Lo sé porque su padre me lo dijo. Independientemente que Diego juegue, para mí es muy joven.

—Yo solo te he dado esa opción, como Diego, hay muchos hombres más. Ahora voy a mirar mi agenda para quedar con Elea.

Salgo de la sala y me dirijo a mi despacho. Abro mi cajón y saco mi agenda. Siempre digo que la tengo que llevar conmigo y siempre se me olvida. Otra opción es hacerla y mirar la aplicación, pero muchas veces me es más cómodo apuntar, que acceder a la aplicación. Tras comprobar veo que la primera opción es el jueves. El viernes tengo juicio a las once, aunque se alargue la noche del jueves, podré dormir algo. Cojo mi teléfono y abro el *WhatsApp.*

—*Hola, Elea. Ya he comprobado mi agenda. Nos podemos ver el jueves por la tarde. Dime si puedes y la hora.*

Veo que tras enviarlo Elea está en línea y me está escribiendo.

—*Vale, la hora puede ser la que quieras.*

—¿A las ocho te viene bien? —pregunto esperando que me diga que sí.

—Perfecto. Podemos cenar primero en el restaurante que fui con mis amigas y después ir al hotel.

La propuesta de Elea me hace sonreír, muerdo mis labios pensando en lo que voy a poner y no ser tan directa con ella, pero somos dos mujeres adultas que esta mañana se han masturbado a través del teléfono, lo mejor es ser directas.

—Lo único que quiero cenar, es a ti. Te paso la ubicación del hotel y nos vemos allí a las ocho.

—De acuerdo. El jueves a las ocho en la ubicación que me envíes.

—Así me gusta. Ahora me voy a poner a trabajar, mientras intento no pensar en el jueves.

—Vale.

Eso es la única respuesta que recibo de Elea, sonrío al pensar que debe estar nerviosa por descubrir un mundo que para ella es nuevo.

Capítulo 12

Elea

Dejo el móvil a mi lado mientras pienso en todo lo que me ha pasado en apenas unos días. Por suerte, en mi camino se ha cruzado Virginia y todo esto que tengo por descubrir no lo haré sola, sino al lado de alguien que ya sabe en qué consiste este juego del placer.

Por fin, hoy es jueves. Los días han pasado más lentamente de lo que me podía imaginar. Aunque mantuviera mi rutina diaria, parecía que las horas no pasaban. Miraba el reloj cada rato, al igual que hago ahora que todavía quedan unas horas para ver a Virginia.

Sobre las cinco de la tarde, recibo un *WhatsApp* de Virginia donde hay una ubicación. Pico encima y veo que es un hotel de la ciudad. Quiero preguntarle por qué en un hotel y no en su casa, pero entiendo que una cosa es que le guste el mundo desinhibido del sexo y otra distinta el que alguien entre en la intimidad de su hogar.

—*No llegues tarde.*

Cuando leo eso, sonrío porque si supiera las ganas que tengo de verla, no dudaría sobre mi puntualidad.

—*Seré muy puntual.*

—*Me gusta que seas obediente.*

—*Puedo obedecer en más cosas.*

—*Elea, ¿segura que esto no lo has hecho antes?*

—*Segura.*

—*Tengo que seguir trabajando o no llegaré a tiempo.*

—*Hasta esta tarde.*

No recibo respuesta de Virginia. Sé que lo ha leído, pero también soy consciente de que si me sigue mandando mensajes no podrá seguir y las dos queremos vernos hoy.

A las seis de la tarde salgo de casa nerviosa. Tardo en llegar a la ciudad si no hay tráfico una hora y media.

Conduzco intentando calmar mi ansia e imaginando mil situaciones al llegar al hotel, pero sé que en ese momento los nervios muy posiblemente se apoderarán de mí y no sé muy bien cómo actuaré.

Cuando quedan diez minutos para llegar a mi destino, mi teléfono vibra y es Virginia.

—*Habitación 406.*

No puedo responder porque estoy conduciendo. Ese mensaje me ha confirmado que ella ya está en la habitación y que tengo que ir directa al número que me ha mandado.

Aparco para dirigirme al hotel. Estoy nerviosa, no sé cuántas veces me he mirado para saber que todo está bien. Faltan quince minutos para las ocho, pero necesito verla ya. Así que me encamino hasta la entrada, y voy directamente a los ascensores. Aprieto el botón de la cuarta planta y, una vez las puertas se abren me dirijo a la habitación que Virginia me ha indicado.

Respiro profundamente frente a la puerta y golpeo, esperando que abra. Escucho un taconeo acercándose y me estremezco al saber quién me espera al otro lado. Cuando abre, Virginia se queda mirándome fijamente mientras me escanea con la mirada, muerde su labio y se aparta para que entre.

Al acceder, veo que hay una mesa con una cubitera que contiene champán dentro y hay dos copas al lado. Miro a Virginia, ya que ninguna de las dos ha dicho nada.

—Puedes dejar el bolso ahí —señala a un escritorio.

Coloco el bolso y me vuelvo hacia ella, perdiendo la poca seguridad que tenía durante nuestra conversación de *WhatsApp* al tenerla ahora delante.

—Yo… Esto… —titubeo porque no logro controlar lo que siento.

—Tranquila —susurra acariciando mi rostro.

Mi respiración se acelera al notar el contacto de Virginia. Baja la mano desde mi cara, pasando por mi cuello hasta llegar al primer botón de mi blusa. Siento como mi piel se eriza y miro a Virginia con deseo y esta sonríe mordiéndose los labios. No puedo aguantar lo que me hace sentir y tiro de ella, haciendo que nuestras bocas se junten y sean nuestras lenguas las que comienzan ese baile que me vuelve loca.

Empujo a Virginia hasta pegarla a la pared, no sé si es lo que ella esperaba, pero esa mujer se deja hacer lo que yo estoy exigiendo en este momento. Cuelo mis manos debajo de su blusa, recorro su cuerpo. Es un golpe en la puerta lo que nos hace parar.

—Mierda —susurro agitada y asustada al mismo tiempo por no esperar que tocaran.

—Tengo que abrir —indica Virginia al ver que sigo aferrada a ella.

—Perdona —digo soltándola.

Ella va a abrir la puerta y veo que hace lo mismo que me hizo a mí, dejando pasar a alguien con una bandeja. El chico la dispone en la mesa y se retira, pero antes Virginia ha ido a su bolso y saca un billete que le entrega.

—Pensaba que solo querías comerme a mí —suelto de pronto.

—Ese era mi objetivo principal, pero me diste una idea con lo del restaurante.

—¿Soy tu objetivo? —pregunto acercándome a ella.

—Ahora mismo eres un peligro. ¿Quieres jugar? —propone.

—Sí —afirmo deseosa de hacerlo.

—Pues bien, vamos a jugar. Quiero que te desnudes y yo haré lo mismo, y vamos a comer así completamente desnudas. Solo hay una regla.

—¿Cuál? —inquiero.

—Tú no puedes tocar, ni correrte cuando yo te toque —explica.

La excitación de esa regla hace que mi entrepierna arda en deseo. Trago saliva y afirmo con la cabeza en señal de que acepto su juego.

—Si hay algo que no te gusta o no quieras hacer, solo tienes que pararme, no te calles —advierte.

Asiento confirmando que he entendido lo que me ha dicho, ya que no soy capaz de decir nada.

—Ahora quítate la ropa, espero que la cena te guste, es algo ligero, porque esta noche haremos mucho ejercicio.

Comienzo a quitarme la ropa bajo la atenta mirada de Virginia que me mira con deseo mientras lame sus labios. Mi sexo arde, no comprendo cómo puede ponerme como lo hace con solo mirarme tras una orden.

Una vez desnuda, ella se acerca y pone dos dedos en mi boca. La abro y los humedece, luego los retira y recorre mi cuerpo con el dorso de la mano hasta llegar a mi sexo, introduciendo los dedos que antes estaban en mi boca en mi vagina.

—Joder —suspiro al notar sus dedos dentro.

—Era para comprobar si estabas mojada. Creo que está lo suficientemente húmedo para seguir. Ahora siéntate —me ordena, aunque sus dedos siguen en mi interior.

—Necesito…

No termino de hablar porque Virginia ha sacado los dedos de mi interior y los lleva a su boca. Ella pretende que cenemos, pero yo lo que deseo es que me coma ahora mismo.

Capítulo 13

Virginia

Elea obedece y toma asiento. Me siento en la otra silla y sirvo la comida en los platos, para después poner un poco de champán en cada copa. Doy un sorbo a la bebida mientras veo los ojos de Elea que me miran con deseo, el mismo que yo siento por poder volver a probar sus labios y acariciar su cuerpo con mis manos.

Pienso en deslizar mi pie por su pierna hasta llegar a su sexo, pero me contengo. Dejo que comience a comer mientras yo la observo y también pruebo un poco de la ensalada. Cuando creo que es suficiente, me detengo, bebo un poco de mi copa y me levanto, colocándome justo detrás de ella. Me agacho y lamo su lóbulo mientras aprieto sus pechos con mis manos, lo que provoca que Elea pare de comer en ese momento y un jadeo se escape de su boca.

—No te muevas —ordeno.

Elea se mantiene en su sitio, pero antes bebe de su copa para después apoyar la espalda al respaldo de su silla, dejando las manos apoyadas en la mesa.

—Así me gusta —susurro.

Lamo de nuevo su lóbulo y tiro suavemente de él, soltando uno de sus pechos mientras con la otra mano aprieto el pezón, lo que provoca que Elea suspire nuevamente. Desciendo mi mano libre por su costado hasta llegar a su entrepierna, haciendo que separe las piernas, y comienzo a mover mis dedos en círculo sobre su clítoris, que ahora está hinchado por la excitación. Elea jadea y veo cómo aprieta los puños. Detengo el movimiento y bajo hasta llegar a la entrada de su vagina, introduciendo dos dedos sin ser delicada, lo que hace que ella se sorprenda y jadee de puro placer al notarlo.

—Recuerda que tienes prohibido correrte — advierto en un susurro.

Elea hace un esfuerzo por controlarse. Noto que incluso ha dejado de respirar para poder contener todo lo que siente, pero al final tiene que volver a coger aire y sus jadeos se vuelven cada vez más fuertes.

—No… No voy a aguantar —dice rápido.

Hecha su cuerpo hacia delante intentando contener todo lo que está sintiendo. Mi mano queda atrapada entre sus piernas. Quito la mano de su pecho y la coloco en su espalda, empujándola más contra la mesa. Le exijo que abra las piernas y obedece.

—Ahora, te doy permiso para correrte.

Tiro de su pelo dejando su cuello expuesto mientras mi mano se mueve entre sus piernas. Sus jadeos ahora se transforman en gritos y su cuerpo comienza a temblar, dejándose llevar por el orgasmo.

Suelto su pelo y saco mi mano de sus piernas. Elea sigue apoyada en la mesa, intentando controlar su respiración. Muerdo mis labios porque sé que con un simple roce voy a explotar, y aunque ella no esté recuperada, la necesito ya. Me coloco a su lado y cojo su mano. Ella gira la cabeza y me mira con una sonrisa.

—Haz que me corra, ahora —exijo, colocando su mano en mi sexo.

Elea se incorpora y me mira mientras se muerde los labios, intento que mueva los dedos y no lo hace. Ella se pone de pie y se queda frente a mí. Aprieta su mano en mi sexo haciendo que suspire. Hace que camine hasta que mi espalda choca en la pared y una sonrisa se dibuja en sus labios, saca su lengua y la pasa por mi boca, haciendo que intente atraparla, pero ella me retira volviendo a pegarme contra la pared.

—Ahora vamos a jugar a tu juego, Virginia —susurra en mi boca sin dejar que pueda besarla porque está retirada lo justo para que no llegue, ya que su mano no me deja avanzar.

Mi respiración es agitada, no quiero perder el control, necesito aguantar, aunque me esté muriendo de ganas de que mueva la mano que sigue posada en mi sexo.

Elea pega su cuerpo al mío y aparta mi pelo para lamer mi cuello, tiemblo al sentirla, necesito con urgencia que mueva sus dedos. Mi cuerpo comienza a moverse para notar el contacto de su mano, que sigue inmóvil.

—Quiero escuchar cómo gimes en mi oído —dice mirándome a los ojos mientras agarra mi cara.

Una Elea que nunca pensé tener frente a mí, se apoya más en mi cuerpo y comienza a mover su mano mientras me susurra en mi oído.

—Quiero oírte gritar.

No sé el momento exacto que me ha llevado hasta donde estoy ahora, gritando mientras exijo que vaya más rápido, ya que mi cuerpo arde en placer y necesita ser calmado. Ella obedece y yo creo que desfallezco tras llegar al orgasmo. Mis piernas no soportan mi peso y aunque Elea ha intentado presionarme con más fuerza, termino resbalando por la pared hasta quedar sentada en el suelo y con ella de rodillas frente a mí.

Cuando estoy más relajada, alzo la vista y me encuentro con la mirada de la mujer que me ha hecho gritar como nunca lo había hecho, muerdo mis labios y comienzo a reír porque algo que yo creía tener controlado, ella me ha hecho perderlo por completo. Me mira y me guiña un ojo haciendo que niegue con la cabeza.

—Eres un jodido peligro —razono apoyando mi cabeza a la pared.

—Dime que esto no se ha terminado —dice cogiendo mi mano para llevarla a su sexo.

Noto la humedad en Elea. Me incorporo y la miro a los ojos mientras ella abre las piernas para que pueda tener mejor acceso a su sexo, que está totalmente humedecido. Meto dos dedos haciendo que cierre los ojos al notarlo, no quiero que deje de mirarme, así que cuando veo que va a apartar su mirada agarro su mentón haciendo que vuelva a mirarme.

Muevo mis dedos en su interior mientras exijo que me siga mirando, Elea tiene que abrir la boca porque termina jadeando. Cuando creo que ya está a punto de explotar muevo en círculos con el dedo pulgar su clítoris y arqueo los dedos haciendo que estalle de placer y se deje arrastras por el orgasmo.

Apoya las manos en el suelo quedándose en una posición demasiado vulnerable y mi vista se nubla al pensar que debería de haber traído el arnés y follármela en la postura que está ahora mismo.

—¿En qué piensas? —me pregunta haciendo que la mire.

—En nada —respondo sonriendo.

—Responde —exige.

—En follarte en la posición que estas ahora mismo, pero no he traído el arnés.

Su cuerpo se estremece al escuchar lo que acabo de decir.

—Podemos dejarlo pendiente para otra ocasión —indica acercándose a mí.

Elea me besa, meto la lengua en su boca y la recibe jugando con ella. Me incorporo y tiro de ella para que se ponga de pie, caminamos hasta que cae en la cama y yo trepo por ella hasta llegar a su boca.

—Ahora quiero comerte.

Las dos terminamos exhaustas en la cama por la maratón de sexo que acabamos de tener. Elea se gira para acurrucarse y, cuando me doy cuenta, está dormida. Miro el reloj y veo que es la una de la madrugada. Me levanto de la cama y recojo mi ropa para vestirme. Antes de salir de la habitación, dejo una nota en la mesa donde están los restos de la cena que no terminamos.

"Quiero repetir esto."

Pienso si ponerle algo más a la nota, pero deshago la idea y le indico que el desayuno está pagado y que la habitación hay que dejarla a las doce.

Salgo con una sonrisa en mi rostro, sabiendo que Elea no es lo que había imaginado, que es mucho más exigente de lo que pensé en un principio y que me gusta que pida y me exija lo que quiere y cómo lo quiere.

Capítulo 14

Elea

Es la alarma de mi móvil la que me hace despertar. Miro a mi lado en la cama y, como era de esperar, está vacía. Sigo desnuda, me coloco boca abajo y abrazo la almohada mientras pienso en la noche que tuve con Virginia. Sonrío porque ha sido algo increíble. Jamás había tenido tanta determinación; con ella perdí la vergüenza y simplemente dejé salir a la Elea que estoy descubriendo poco a poco.

Me levanto de la cama para recoger la ropa y entrar en la ducha, pero veo que hay una nota en la mesa. La leo con una sonrisa en los labios. Ella quiere repetir, pero necesito contarle mis necesidades y descubrir si lo que sentí la otra noche cuando vi a

Lorena y Claudia fue solo fruto de la excitación del momento o si realmente me gusta mirar.

Después de desayunar, salgo del hotel y me dirijo hacia mi coche para regresar a casa. En el camino, mi teléfono comienza a sonar y decido contestar la llamada, ya que en la pantalla aparece el nombre de María.

—Dime —respondo según descuelgo.

—Necesito que me ayudes a elegir el traje de la comunión de la niña.

—María, aún quedan dos meses para eso.

—Hay que organizarlo todo con antelación, Elea, que después vienen los agobios.

—¿Ya sabes dónde lo vas a comprar? ¿Vas a bajar a la ciudad o lo harás aquí?

—No lo sé. Debí haber organizado esto antes y ahora me estoy estresando.

—Tranquila, estaré en el pueblo en poco más de una hora. Elegir un traje para una niña no puede ser tan difícil.

Cuelgo después de despedirnos y prometerle que iré directamente a su casa. Mientras sigo conduciendo, pienso en cómo explicarle a Virginia lo que realmente quiero descubrir ahora.

Llego a casa de María y la veo nerviosa por todo. No entiendo por qué está así, si el fin de semana pasado ya habíamos ido a la capital y ella se compró la ropa para la ocasión, así como comprarle cosas a Martín y a Mireia, que así se llama la pequeña.

—¿Se puede saber las prisas que te han entrado ahora? —pregunto.

—Es que la madre de Martín me estaba agobiando con que hay que hacerle las fotos mucho antes. Él me dice que no le haga caso y me tranquilice, pero sabes cómo soy y me ha entrado el agobio. Necesito comprar el traje hoy, luego hablar con la peluquera y la fotógrafa.

—La peluquera es Estela y las fotos las hago yo. Te dije que hablaba con Roberto, sabes que a veces hago reportajes con ellos —digo mirándola fijamente.

—Ya, pero necesito todo lo demás.

—Solo necesitas el vestido. Ahora tranquilízate y olvídate de lo que te dijo esa mujer.

—No entiendo por qué estoy tan agobiada con todo esto. Es como si la niña se me fuera a casar y es hacer la jodida comunión —se queja frustrada.

—Recogemos a Mireia del cole y nos vamos de compras, hoy tendrás el vestido y dejarán de darte por culo. Después organizamos con Estela el día de las fotos y le pido el estudio a Roberto, y listo.

María, tras escuchar esto último, se sienta en el sofá y resopla. Paso una mano por sus hombros y la atraigo hacia mí para dejar un beso en su cabeza.

—¿De dónde venías? —me pregunta de pronto.

—De la capital —respondo, y siento cómo María se aparta de mí y me mira directamente a los ojos, deseando saber más.

—Habla —me ordena.

—Quedamos para vernos.

—¿En su casa?

—No, en un hotel.

—¿Quieres contarme de una vez? Espera, vamos a la cocina.

María se pone en pie y me arrastra hasta que llegamos. Tomo asiento y ella se pone a preparar café mientras me pide que empiece a contar lo que ha pasado. Le cuento lo sucedido con Virginia, omitiendo muchos detalles que no le interesan a mi amiga. Me sonrojo con lo poco que le he contado.

—¿Y ahora qué?

—Pues no lo sé.

—¿Te gusta?

—¿Qué? No. Bueno, a ver, es guapa, de eso no hay duda, pero no me he enamorado, no imagines cosas que no son. No hubo mariposas cuando la vi. Fue lo que fue, o mejor dicho, es lo que es y ya.

—Mientras tú lo tengas claro y ella también, podéis hacer lo que os plazca.

María se mantiene callada, pero la veo inquieta, como que quiere decirme algo que no se atreve.

—¿Qué más quieres saber? —pregunto mordiendo una galleta.

—Nada.

—Venga, María, que son muchos años siendo amigas.

—Es que es tu intimidad.

—Pregunta.

—¿Ya has resuelto tu curiosidad por mirar? —pregunta con una sonrisa.

Sonrío por la pregunta, ya que cuando le conté lo del hotel no entré en muchos detalles.

—No. Tengo que hablar con Virginia sobre eso.

—¿Lo vas a hacer?

—¿Exponerle cómo me siento y la curiosidad que tengo? —pregunto a mi amiga y ella asiente—. Pues claro, la cuestión es que tengo que contarle, porque no sabe cuál es mi curiosidad.

Seguimos hablando un poco más hasta que decido ir a mi casa a cambiarme de ropa y prometerle que iré a recogerla a ella, para después ir a buscar a Mireia al cole e ir a comprar el vestido.

Cuando voy a recogerla, veo que Estela está junto a ella esperando. Se suben al coche y la peluquera se sienta en el asiento delantero.

—Pensaban ir sin mí, ¿no? Yo soy la estilista de la niña, así que yo elijo el vestido.

Miro por el retrovisor central a María y esta se encoge de hombros.

—Pensábamos que estarías liada.

—Ya, estás como María. Sabes que para la niña no estoy liada. Arranca el coche y vamos a buscarla —responde visiblemente molesta.

—Mejor, no intentes decirle nada, que parece que hoy muerde —apunta María desde atrás.

Paro en el colegio de la niña y antes de que entre María a buscarla me hace un gesto con la cabeza por la actitud de Estela. La hemos notado muy callada y con cara de mala hostia y no creemos que sea por lo del vestido. Miro a la parte trasera haciendo señas a mi amiga a ver si sabe algo, pero su única respuesta es encogerse de hombros, como hizo antes.

—¿Se puede saber qué te pasa? —pregunto agarrando el brazo de Estela para que nos mire.

—La puta patineta que compré por vuestra genial idea, eso me pasa —escupe cabreada.

—¿Le ha pasado algo a Jorge? —se alarma María.

—No, Jorge está bien.

—Entonces, ¿qué pasó? —pregunto para ver si suelta algo más de información.

—Sergio tuvo la genial idea de probar el cacharro ese, mira que le dije que no lo hiciera. Pero claro, mi marido, el chulito del pueblo, el que se cree que tiene la edad de su hijo, se subió y confiado terminó en el suelo.

—¿Está bien? —pregunta María

—No. Acabamos en el hospital, el idiota se ha fracturado la muñeca al caer.

—Joder —digo, imaginando el susto que tuvo que llevarse mi amiga.

—Eso dije yo cuando lo vi que se fue de bruces. Vaya noche de mierda he tenido en urgencias por culpa del cacharro ese.

—Pero ¿está bien? —insiste María.

—Cuando se toma las pastillas sí. Pero cuando va llegando la hora de la siguiente dosis, es como un jodido crío que solo protesta. Ahora lo he dejado con Jorge. Que sea él quien aguante un rato al padre. Menos mal que contraté a Macarena para la peluquería, gracias a ella me he escaqueado hoy.

La música suena por los altavoces del colegio anunciando que ya es la hora de salida de los niños, María sale a buscar a Mireia, mientras Estela apoya la cabeza en el cabezal y cierra los ojos un rato.

Cojo el móvil y abro el *WhatsApp* y veo la conversación de Virginia, dudo si escribirle o dejarlo para la noche, pero al final decido hacerlo ya y que ella decida cuando puede hablar conmigo, ya que es la que trabaja de las dos.

—*Hola, Virginia. Necesito que hablemos sobre algo que me pasó cuando estuve con Lorena y Claudia. Me gustaría que fuera cenando. ¿Puedes decirme cuándo sería posible?*

Le doy al botón de enviar y ahora solo tengo que esperar que me conteste.

La puerta del coche se abre y acceden madre e hija a la parte trasera, se colocan los cinturones de

119

seguridad y mientras María le cuenta a la niña a donde vamos, yo pongo rumbo a las tiendas que me ha indicado antes mi amiga para encontrar el vestido para ese día tan especial.

Capítulo 15

Virginia

A las tres en punto llego a la oficina y mi atención es atrapada por el teléfono, que emite el sonido de una notificación entrante. Al ver que es un mensaje de Elea, una sonrisa se dibuja en mi rostro. La curiosidad me consume y me veo incapaz de resistirme a leerlo para descubrir lo que ha sucedido. Al leerlo, siento la inmediata necesidad de saber qué sucedió en el despacho de Claudia entre esas tres mujeres.

—Te veo contenta —dice Gaby llegando a mi lado.

—Ya ves —sonrío recordando a Elea.

—Necesito que hablemos.

—¿De qué? —pregunto cerrando la puerta de mi despacho.

—Diego —susurra Gaby acercándose a mí.

Miro a Gaby sin entender muy bien lo que me quiere decir y ella va a decirme algo cuando Beatriz pasa por nuestro lado.

—Invítame a comer y me cuentas —digo tomándola del brazo.

—Te he dado la excusa perfecta para no pagar el almuerzo —comenta sonriendo.

—Pues si quieres me cuentas aquí y así Beatriz puede ayudarte con ese problema que tienes.

—No es un problema —asegura no muy convencida.

—Decide, aquí o en un restaurante.

—Restaurante. ¿Te han dicho alguna vez que eres una arpía?

—Unas cuentas, pero puedo vivir con ello.

Las dos nos encaminamos hacia el ascensor y, una vez en la planta de la calle, acordamos el restaurante al que vamos a ir. Cada una se dirige a su coche y ponemos rumbo al lugar que hemos decidido.

Una vez en el aparcamiento, nos dirigimos hacia el local y me sorprendo cuando veo que Gaby tenía reserva. El chico nos dirige a la mesa y me quedo mirando al exterior por las vistas qué hay en el lugar. Estamos pegadas a una enorme cristalera desde donde se puede ver todo el paisaje, quedando gratamente impresionada.

—No conocía este sitio —indico sin poder dejar de mirar al exterior.

—Yo hago relativamente poco que lo conozco. Lleva abierto unas semanas.

—¿Por qué tenías reserva?

—Porque te iba a invitar a comer para hablar.

—Aquí tenéis la carta —dice el camarero para después retirarse.

Mi teléfono vuelve a vibrar y a mi cabeza vuelve Elea. Miro la pantalla y hago una mueca al ver que es mi madre. Abro la conversación y me recuerda que el sábado hay comida familiar y que no puedo faltar. Apoyo la espalda en la silla y resoplo, eso hace que Gabriela levante la vista de la carta y me observe con el ceño fruncido.

—Es mi madre —explico.

Gaby vuelve la vista a la carta, mientras yo respondo el mensaje diciendo que no se me había olvidado y que estaré allí el sábado para comer en familia. Empiezo a leer los platos, pero no puedo decidirme. La vuelvo a dejar en la mesa y miro a mi amiga.

—¿Qué vas a pedir? —pregunto.

—Ensalada y salmón.

—Vale, quiero lo mismo.

Gaby le dice al camarero la comida y también le pide un vino blanco de la casa. El chico coge la comanda y antes de que nos demos cuenta, hay una chica sirviéndonos el vino. Gabriela lo prueba primero y, al dar su aprobación, lo sirven en las copas.

—¿Qué es lo que pasa con Diego? —pregunto dejando la copa sobre la mesa.

—Me llamó hace dos días.

—¿Y? —pregunto impaciente a mi amiga.

—Quiere cenar conmigo.

—Joder, Gaby, suéltalo todo.

—Eso es todo, me llamó para cenar esta noche. Me cagué viva y le dije que tenía planes y no podía ser. Antes de colgar, me dijo que le encantaría comer conmigo y que esperaba poder hacerlo.

—¿Por qué le has mentido?

—Porque es un crío, Virginia. Tengo cuarenta y tres años, llevo dos años separada del único hombre con el que he estado. Aunque he quedado con otros tíos, todos han sido un desastre. No me he sentido cómoda con ninguno, pero con él...

—Vamos, que el chico te pone malísima y estás cagada —razono.

—Más o menos. Encima no ayuda que me dijeras que a él le gusta eso que haces. Que yo con Pedro no pasaba del misionero, Virginia.

Me entra la risa cuando mi compañera abre mucho los ojos tras decir que con su exmarido no es que fuera la alegría de la huerta en la cama.

—No te rías —protesta golpeándome con su pie por debajo de la mesa—. Me da mucha vergüenza hablar de esto.

Cuando voy a hablar, la camarera aparece con la comida y nos mantenemos en silencio hasta que se retira.

—Necesito ir a una fiesta de esas que tú vas.

Al escuchar a Gaby, me da un ataque de tos. No puede ser que me esté pidiendo eso. Es verdad que la he llevado al restaurante de Claudia, pero porque se come bien. Una vez me preguntó que pasaba al otro lado y le conté, me miró horrorizada. Y ahora soy yo la que la mira así.

—Hablo en serio. Tengo curiosidad y tú serás mi guía.

Me muerdo los labios para no reírme de sus ocurrencias.

125

—A ver, Gaby, soy lesbiana. Salgo con otras mujeres. Tú eres heterosexual, ¿no sería mejor ir con Diego?

—Con él no voy a ir. Quizá sea bisexual y no lo sé —dice alzando una ceja.

Miro a mi amiga fijamente como si hubiera sido poseída por alguien y la que habla es otra por ella, porque no puede ser normal que me esté pidiendo esto.

—Quizá tú y yo... —empieza a decir mi amiga, pero la interrumpo rápidamente.

—Ni de coña, Gabriela, y espero que esto sea una jodida broma.

—Joder, Virginia. No puedo quedar con Diego sin experiencia en el sexo, necesito aprender —insiste ella.

—Necesitas dejarte de tonterías y disfrutar, solo eso. Es que no entiendo tu postura ahora mismo. Queda con Diego, olvida por un momento la edad que tiene y disfruta.

—¿Y si sale mal y me cargo el acuerdo?

—Buff, para de decir gilipolleces. El acuerdo ya está firmado y Diego no creo que mezcle trabajo con placer.

—Pues a mí me conoció en el trabajo.

—Cierto, pero ¿se te insinuó en algún momento?

—No. Me ponía nerviosa el cómo me miraba, pero jamás se insinuó ni hizo nada que me hiciera sentir incómoda.

—Él esperó a firmar todo y después te llamó. Olvídate si tienes o no experiencia con otros hombres, simplemente debes disfrutar. Quizá no terminen en la cama.

—¿Tú lo has visto? ¿Quién no va a querer acostarse con ese hombre?

—Yo —afirmo riendo.

—Tú no cuentas —dice negando con la cabeza.

—Ve a esa cena con él, sin expectativas, solo a disfrutar de la noche. Al menos conócelo.

Ella asiente mientras seguimos comiendo. Cuando llegan los postres, es la camarera la que viene a coger la comanda.

—¿Me vas a contar cómo te fue con Elea?

—Elea —susurro su nombre, para después morder mis labios.

—Vale, ya lo he entendido. ¿Vas a volver a quedar con ella?

—Me ha escrito antes que quiere que hablemos.

—¿Y? —pregunta impaciente.

—Tengo que contestarle, pero desde ya te digo que es solo sexo. Así que borra esa sonrisa de tu rostro.

—Aguafiesta. Respóndele, ahora.

—Lo hago después.

—Yo quedo con Diego y tú con Elea —dice alzando la mano por encima de la mesa para que cerremos el trato.

Aprieto la mano de mi amiga y una vez la suelto me señala al móvil, yo le hago lo mismo. Abro la aplicación de mensajes y comienzo a escribir.

—*Hola, Elea. Podemos cenar esta noche, si te parece bien.*

Pulso la tecla de enviar y veo que mi amiga me mira expectante.

—¿Qué?

—¿Cuándo has quedado?

—Esta noche, para cenar. Espero que tú llames ahora a Diego y hagas lo mismo.

Veo a Gaby que duda, aunque después busca lo que me imagino es su nombre en la agenda y le da a la llamada mientras me mira seria. Por suerte Diego le coge el teléfono rápido, la camarera viene con los postres mientras mi amiga sigue hablando por teléfono.

—¿Y? —pregunto moviendo mis manos para que me cuente.

—Hemos quedado para esta noche.

—Alguien va a comer caliente —digo riendo.

—Estúpida —suelta negando con la cabeza.

Damos buena parte de los postres, mientras pienso si esta noche yo volveré a ver a Elea para salir de la duda de lo que me tiene que contar.

Capítulo 16

Elea

Entramos en la segunda tienda después de comer. Solo espero que María encuentre algo que le guste en esta ocasión. En la primera tienda, Mireia se había probado todo lo que parecía gustarle a mi amiga, pero siempre encontraba algo que hacía que decidiera que no era el vestido adecuado. Habíamos pasado dos horas allí, aunque mi mente había perdido la noción del tiempo.

Ahora, en la segunda tienda, mantengo los dedos cruzados mientras María empieza a mirar entre las opciones. Yo me quedo con Mireia, mientras su madre y Estela comienzan a buscar en donde le indica la dependienta, quien también ayuda en la elección adecuada para la niña.

—Yo no quiero un vestido —me dice de pronto la niña.

—¿Cómo? —pregunto mirándola fijamente.

—Yo no quiero ir así.

—¿Y cómo quieres ir? —le pregunto sentándonos las dos en un sofá.

—Pues normal —indica encogiéndose de hombros.

—¿Cómo es normal para ti, Mireia?

—No me gustan los vestidos, quiero ir con un pantalón y una camiseta. Como cuando salgo del cole.

—Entiendo. ¿Se lo has dicho a tus padres?

Miro a la niña y no responde, solo niega con la cabeza. Ahora giro la mirada buscando a mi amiga, que sigue enfrascada en encontrar el vestido perfecto para su hija. Devuelvo la mirada a la pequeña y dudo si intervenir o no en algo que debe ser de madre e hija, pero recuerdo que al menos Mireia ha podido contarme a mí lo que siente sobre algo que nos imponen por tradición, mientras yo en aquel tiempo solo tuve que entrar en el aro.

—¿Quieres hacer la primera comunión?

—Sí, lo que no quiero es ir con vestido. No me gustan.

Veo que la cara de la niña se transforma y cuando me giro, veo a mi amiga feliz viniendo hacia nosotras con unos cuantos vestidos en las manos para que Mireia se los vaya probando. Sé que no debo de meterme en la educación de la hija de mi amiga y que debe ser Mireia la que hable con su madre, pero después de mirar a la pequeña y ver en sus ojos mi reflejo, decido que, aunque me pueda mandar a la mierda, debo hablar con mi amiga.

—Tengo que hablar contigo —susurro llegando a mi amiga.

—Necesito que Mireia se pruebe esto.

—Espera, María. Hablemos primero.

Mi amiga me mira y yo le quito los vestidos, dándoselos a Estela.

—Volvemos ahora —digo a Estela que nos mira sin entender qué está pasando.

—Que la niña se vaya probando las cosas —ordena María.

Prefiero no intervenir y agarro el brazo de mi amiga hasta salir.

—¿Se puede saber qué pasa? —pregunta María cruzándose de brazos.

—¿Has hablado con Mireia de lo que le parece el vestido? ¿Has tenido en cuenta su opinión? ¿Sabes lo que ella opina sobre hacer la primera comunión? —bombardeo a mi amiga a preguntas.

—¿A qué viene esto, Elea? Ella la quiere hacer. No entiendo por qué me preguntas todo eso.

Suspiro antes de soltarle a mi amiga el motivo por el cual la he sacado fuera.

—Mireia no quiere ir con vestido.

María abre muchos los ojos y mira al interior de la tienda intentando localizar a su hija, pero Estela le quita la visión. Mi amiga vuelve a mirarme.

—Eso no es verdad. Hablé con ella ayer de comprar el vestido, hablamos de las fotos, del peinado. Nunca me dijo nada. Ella...

—Ella, ¿qué?

—Era yo quien hablaba —dice recordando la conversación—. Joder, hace una semana me hablaba de una prima de Macarena, su amiga, que había ido vestida con pantalón. Mierda, Elea, que no he escuchado a mi hija, que no he visto las señales.

—Pues haz algo y deja de buscar esos vestidos horribles. Pregúntale lo que quiere y como quiere ir. Es su día, María, ni el tuyo, ni el de su padre, ni el de nadie, solo el suyo. Haz que sea un recuerdo positivo.

Mi amiga me abraza y yo le devuelvo el abrazo apretándola contra mi cuerpo y besando su cabeza.

—Vamos —dice tirando de mí para volver a entrar en la tienda.

Entramos en la tienda y ahora puedo ver a Mireia, que me mira con desesperación, y yo le guiño un ojo y sonrío, haciendo que ella sonría. Mi amiga sé para de pronto y me mira.

—¿Es lesbiana? —pregunta de repente.

—¿Qué?

—Mi hija, Elea. Tú tienes esa cosa de radar o lo que sea, ella es...

—Ella es una niña que no quiere ir con esa mierda que lleva puesta. Eso no significa nada. Deja de etiquetar y escúchala para que sea feliz.

—Gracias —expresa dejándome un beso en mi mejilla, y se dirige hacia su hija.

Me mantengo al margen cuando María decidida le dice a la dependienta que no se va a probar nada, que necesita primero hablar con su hija. Estela llega a mi lado y se mantiene mirando la escena como yo.

—¿Qué ha pasado? —pregunta cuando ve a madre e hija abrazarse.

—Mireia no quiere un vestido.

Estela no dice nada, sé lo que opina de todo esto. Su hijo Jorge casi va en chándal el día de la comunión, porque según ella era una parafernalia que le obligaban a hacer. Su marido le rogó que no hiciera eso, que tanto sus padres como los de ella se iban a mosquear y era un problema. Al final, medio entró por el aro como ella dijo y le puso a su hijo un pantalón y una camisa de botones, era el más sencillo que iba, pero sin duda Jorge fue el niño más feliz de aquel día.

—Nos vamos a merendar —afirma María llegando hasta nosotras con la niña.

Salimos las cuatro de la tienda y vamos a una cafetería cercana. Antes de llegar la hija de mi amiga me agarra del brazo y hace que nos quedemos rezagadas. Miro a su madre que asiente y yo disminuyo el paso para saber qué me quiere decir.

—Gracias —susurra avergonzada.

Detengo mi paso y hago que Mireia me mire.

—No tienes que dármelas, solo quiero que me prometas que siempre le vas a contar a tu madre lo que te pasa y, si no quieres por algo, yo siempre voy a estar aquí para lo que necesites.

La pequeña me abraza, yo rodeo su cuerpo con mis manos para devolverle ese abrazo impulsivo. Alzo la vista y veo a Estela y María, esta última se está limpiando los ojos de las lágrimas.

Caminamos hasta llegar donde están mis amigas y Mireia no me suelta. Entramos a la cafetería y hablamos del cambio de planes, dejamos que sea la niña quien diga lo que necesita. Estela le pregunta sobre su peinado y ella quiere ir con el pelo suelto, nada de recogidos. Tras eso me mira y me exige que las fotos tienen que ser divertidas, que no quiere nada aburrido. Mireia tiene muy claro lo que quiere y como lo quiere.

—Gracias por esto —indica María al ver cómo se ríe la niña.

Aprieto su mano porque en este momento tengo un nudo en la garganta y miles de recuerdos de una infancia que no fue tan fácil como hice creer.

Cuando nos damos cuenta de la hora es porque notamos que está anocheciendo. Me he desconectado del mundo, tanto yo como mis amigas.

—Tenemos que volver, son las siete y tengo cuatro llamadas perdidas de Martín —comenta María enseñando su móvil.

—Le dijiste que salíamos, ¿no? —pregunto.

—Le dejé una nota —dice encogiéndose de hombros.

—Joder, María.

Estela se ha levantado y también ha sacado su móvil para hablar con alguien y María hace lo mismo. Yo me quedo con Mireia en la mesa, a esperar por mis amigas.

—¿Tú no tienes a nadie a quien llamar? —me pregunta la pequeña.

—No. No hay nadie ahora mismo que me necesite.

—Mamá dice que estás conociendo a alguien.

—Mamá habla demasiado. Solo es una amiga.

—¿Cómo mamá y Estela? —pregunta con curiosidad.

—Algo distinto que ellas. Solo alguien con que compartir cosas.

—¿Qué cosas?

Miro a Mireia sin saber muy bien qué decir, ni yo misma sé qué es Virginia para mí. Ahora mismo solo es alguien que quiero que me enseñe un mundo hasta ahora desconocido por mí, pero eso está claro que no se lo puedo decir a una niña de nueve años.

—Nos vamos a casa ya —dice María llegando a nuestro lado.

—¿Estela? —pregunto al no verla.

—Ha ido a pagar.

Nos podemos de pie y Estela se acerca hasta nosotras. Las cuatro vamos hasta el coche y Mireia me vuelve a agarrar del brazo y yo la miro.

—No contestaste a mi pregunta.

—Te prometo que lo haré, cuando yo sepa que es ella para mí.

Mireia sonríe y va junto a su madre. Yo no entiendo cómo esa niña me ha hecho plantearme que es Virginia. Tengo claro que es solo sexo y mi conexión a un mundo prohibido por muchos, pero también sé que me siento muy a gusto a su lado.

Mientras vamos caminando, saco mi móvil del bolso y miro que tengo varios *WhatsApp*, uno de ellos es de Virginia. Lo abro y leo lo que dice.

—*Hola, Elea. Podemos cenar esta noche, si te parece bien.*

Miro la hora y por más que quisiera, me resultaría imposible ir a cenar con ella. Maldigo el no haber mirado el móvil antes y suspiro pensando que he perdido la oportunidad de decirle lo que quiero descubrir. Aun así, decido escribirle y ver que me responde.

—*Acabo de ver el mensaje, hoy no va a poder ser. Si quieres, después te llamo y podemos hablar y organizar otro día.*

Meto el teléfono en el bolso y acciono el botón de abrir las puertas para que puedan acceder al coche. Conduzco hasta dejar primero a Estela y después a María. Esta me abraza y me vuelve a dar las gracias por lo de la niña. Llego a casa cuando casi son las ocho y media, estoy bastante cansada del día y antes de mirar el móvil, decido bañarme y relajarme.

Una vez en el sofá y antes de cenar, cojo el teléfono y voy directa a la conversación de Virginia. Veo que no me ha respondido, pero que sí ha leído lo que le escribí. Respondo el resto de *WhatsApp* que tenía pendiente y me levanto a prepararme algo de cenar. Antes de entrar en la cocina mi teléfono comienza a sonar y vuelvo al salón para mirar quien es, se me dibuja una sonrisa al ver que es Virginia.

—¿Sí?

—Hola, podríamos estar cenando ahora, pero al final estoy en mi casa con una pizza congelada en el horno, porque alguien me ha dado plantón.

—No había visto el mensaje. Salí con...

—Espera, Elea. Que es una broma, tú tienes tus cosas y tu vida. Solo te estoy molestando.

Permanecemos en silencio en la línea, sin saber qué decir en este momento, hasta que mis tripas suenan.

—Yo tampoco he cenado, iba a la cocina a prepararme algo.

—Espero que sea mejor que lo que me voy a comer yo.

—Me haré un café con leche y tostadas. No tengo ganas de cocinar —admito sonriendo.

—¿Cuándo podemos quedar para cenar y hablar?

—Mañana, ¿puedes? —pregunto ansiosa por una respuesta afirmativa.

Escucho a Virginia suspirar a través de la línea de teléfono y se mantiene en silencio.

—¿Has quedado mañana? —pregunto sabiendo que eso no está bien.

—Más o menos, es una comida familiar. Pero creo que podremos cenar, tengo mucha curiosidad por saber qué es eso que me tienes que contar.

—Eres bastante cotilla.

—Curiosa —admite riendo.

—Yo también tengo curiosidad.

—¿Por qué?

—Por ese mundo que descubrí el fin de semana.

—¿Qué es lo que quieres de mí exactamente, Elea?

—Que me ayudes a descubrir —suelto tras un suspiro.

—¿Quieres utilizarme?

—No, a ver, yo lo que quiero es… Mierda, es que así no sé cómo explicarlo. Me da mucha vergüenza todo esto, Virginia, por eso quiero que quedemos para cenar y prometo contarte todo.

—Yo quiero que me utilices —dice en un susurro.

Mi cuerpo comienza a temblar y no entiendo muy bien como esas palabras pronunciadas por Virginia me puedan poner tanto. Escucho su respiración a través del teléfono y yo comienzo a respirar con dificultad por la excitación que siento.

—Es mejor que vaya a prepararme algo de cenar —digo intentando contener mi agitación.

Escucho la sonrisa de Virginia antes de hablar.

—No faltes mañana, Elea.

—No faltaré.

—Te mando el restaurante cuando me confirmen la reserva.

—Es un sitio de esos que…

—¿Qué?

—¿Cómo el de Claudia? —pregunto sofocada.

—No, es un restaurante que he conocido hoy y me ha gustado, se ve tranquilo y así podrás contarme lo que necesitas y en lo que puedo ayudarte.

—Vale. Ahora sí que voy a prepararme algo.

—Hasta mañana, Elea —dice sonando demasiado sensual.

—Hasta mañana, Virginia.

Después de eso, cuelgo y me recuesto en el sofá. Pensando en lo duro que va a ser contarle lo que necesito bajo la atenta mirada de esa mujer, que solo con un susurro hace que mi cuerpo se estremezca. ¿Qué me está pasando con Virginia?

Capítulo 17

Elea

Virginia me ha mandado un mensaje con la ubicación del restaurante en donde vamos a cenar y me indica que esté allí a las nueve. Me gustaría decirle que por mí cenaríamos antes, ya que estoy acostumbrada a ello, pero prefiero no decir nada y esperar que las horas pasen lo más rápido posible.

Me paso el día limpiando la casa. Cuando llega la hora de comer, abro el congelador para sacar algo de comida, termino sacando unas empanadillas y los meto en la freidora de aire y preparo la mesa. Una vez está todo, tomo asiento, miro el móvil y Virginia no me ha vuelto a escribir. Tampoco yo lo hice antes y pienso si tengo que escribirle algo, pero no quiero que piense que soy una desesperada.

—*Espero que no me dejes plantada* —*escribe Virginia y lo leo inmediatamente porque tenía su conversación abierta.*

—*No te dejaré plantada, estaré allí a la hora indicada.*

Virginia manda un emoji guiñando un ojo y se desconecta, ya que no sale en línea.

Una hora y media antes de la cita estoy subida en el coche mirándome en el retrovisor central que está todo bien. En este momento estoy nerviosa, mis manos comienzan a sudar, intento relajarme y convencerme de que todo va a estar bien y que Virginia no me va a juzgar en ningún momento.

Al llegar al aparcamiento del restaurante, me doy cuenta de que llego un poco antes de la hora y decido intentar relajar la tensión, pero me es imposible. Cojo el móvil y cuando voy a escribir a Virginia, siento cómo golpean mi cristal, sobresaltándome. Al mirar al exterior, veo a Virginia de pie. Suspiro y salgo del coche.

—Siento haberte asustado —se disculpa Virginia.

—Tranquila. Simplemente no esperaba que golpearan el cristal.

—Hemos llegado a la vez. Te vi aparcar y he venido a buscarte.

—¿Por si me perdía?

—No, por si intentabas salir corriendo —susurra pegando su cuerpo al mío.

—No quiero huir de ti —digo poniendo las manos en su cintura y atrayéndola para besarla.

Es Virginia la que apoya sus manos en el coche y se aparta. Se pasa la lengua por el labio inferior y luego lo muerde. Mis manos siguen en su cintura y cuando veo que hace eso, me aferro a ella e intento tirar de nuevo, pero esta vez me lo impide.

—Será mejor que entremos —propone sujetando mis manos.

Asiento soltando las manos de su cintura, pero ella sigue sujetándome. Ladeo la cabeza y miro hacia abajo, haciendo que ella me suelte y sonría.

—Vamos, anda —indica caminando.

Me pongo a su lado en silencio y al llegar al restaurante, Virginia da su nombre y nos llevan a la mesa. Hay una cristalera enorme desde la cual se pueden ver partes de las montañas a pesar de que es de noche.

—De día es mucho más bonito —afirma Virginia tomando asiento.

—Pues debe ser una maravilla comer con estas vistas.

—No me quejo por las que voy a tener ahora —responde guiñándome el ojo.

—Te gusta provocar —afirmo con una sonrisa.

—Me encanta.

Llega una camarera para coger la comanda de las bebidas y en ese momento me doy cuenta de que ya habían dejado la carta, pero entre las vistas y el tonteo con Virginia no me había percatado de ello.

—¿Qué prefieres beber? —pregunta Virginia.

—Por mi agua, no puedo beber demasiado, ya que tengo que volver al pueblo.

Ella le indica a la chica un vino de la casa y agua. La camarera lo anota en la *Tablet* y pregunta si ya sabemos lo que queremos comer y mi acompañante le indica que nos dé unos minutos.

—¿Carne o pescado? —me pregunta con la carta abierta.

—Carne y más en un sitio como este. Aparte has pedido vino de la casa y es tinto, imagino que vas a comer carne y yo quiero probar un poco de ese vino —admito.

—¿Solo quieres probar el vino?

—Por ahora sí.

Virginia cierra la carta y me mira fijamente esperando que yo le preste atención. Cuando alzo la vista sabiendo que me voy a encontrar con su mirada sonrío.

—¿Ya sabes lo que quieres?

—Como veo que ya has venido, te dejo que elijas.

—Perfecto.

Virginia localiza con la mirada a la joven camarera y pide la comida. Una vez se va la chica con la comanda nos traen las bebidas. Tras probar el vino, ella vuelve a fijar su mirada en mí, entrelaza sus manos encima de la mesa y comienza a hablar:

—Necesito saber, ¿qué es lo que te pasa?

—Realmente no me pasa nada.

—Quiero saber qué es lo que pasó cuando estuviste con Claudia y Lorena.

—Lo que pasó entre las tres imagino que ya lo sabes —Virginia asiente mientras yo no paro de mover mis manos nerviosa—. Pues cuando me iba a ir, yo… No sé si contarte esto es buena idea, quizá pienses que soy una degenerada —digo agachando la cabeza.

—No estoy aquí para juzgarte, Elea —me dice poniendo su mano en mi barbilla para que alce la vista—. Somos dos mujeres adultas, y créeme que, si alguien ha hecho de todo tipo de cosas en el sexo, esa soy yo. Así que dime, ¿qué es eso que te inquieta tanto?

Suspiro antes de comenzar a explicarle a la mujer que tengo enfrente qué es lo que me pasa.

—Cuando me iba a ir, entré en el baño y al salir para vestirme, vi a Claudia y Lorena que estaban haciéndolo. En ese momento, al ver a esas dos mujeres en esa situación, mi excitación creció rápidamente y no entendía por qué, no podía dejar de mirarlas. Fue en ese instante que mi teléfono sonaba con la llamada de mi amiga, la que me hizo darme prisa para salir de aquel despacho. No me explico ni cómo pude mover mis piernas, pero cuando puse un pie fuera y con el roce del vaquero en mi sexo, hizo que me tuviera que detener, porque estaba teniendo un orgasmo. Terminé apoyada en la pared jadeando. Solo por ver a esas dos mujeres...

—Follar.

—Eso. Es que nunca me había sentido así.

—El problema, según tú, es qué te gusta mirar.

—Sí —afirmo nerviosa.

—Entonces muchos tendríamos ese problema. A mí por ejemplo me encanta mirar, Elea. Sobre todo, cuando tengo a alguien que me acompañe y le digo a otra que se la folle mientras yo miro.

Trago saliva al escuchar a Virginia, no solo porque su idea me ha excitado, sino porque apoya los codos en la mesa y se ha pegado demasiado para hablarme.

—¿Yo podría hacer eso contigo?

—Puedes hacer lo que quieras mientras todo sea voluntario y desde el respeto.

La camarera llega con la comida y sirve los platos bajo la atenta mirada de las dos. Estoy nerviosa y excitada a partes iguales, imaginarme a Virginia con otra mujer es algo que no sabía que necesitaba hasta ahora.

—¿Por dónde íbamos? —pregunta Virginia sonriendo.

—Necesito saber si lo que me pasó en ese despacho con Claudia y Lorena fue por el momento o en realidad es algo que me gusta. Yo no tengo ni idea de cómo poder descubrir eso y he pensado en ti para ello, si crees que no puedes ayudarme no hay ningún problema.

—Puedo y quiero. Hay un restaurante donde podemos ir, solo miraríamos, sería como tu iniciación a este mundo.

—¿Solo mirar?

—Sí.

—Y sí me gusta y me pongo, bueno, tú sabes.

—¿Cachonda?

—Sí, pero mucho, como me pasó en aquel despacho.

—Siempre puedo ayudarte con eso, Elea —propone arqueando la ceja.

Me quedo mirándola mientras ella espera una respuesta por mi parte, al no recibirla comienza a comer, mientras mi cabeza no para de pensar mil situaciones. La opción que me da Virginia me gusta y me excita de formas iguales, me muero de ganas de ir a ese restaurante con ella.

—Necesito ir a ese sitio contigo —aseguro bebiendo un poco de vino.

—De acuerdo, reservaré para la semana que viene e iremos a poner a prueba esos instintos que tienes.

No sé cómo saldrá esto, pero lo que sí estoy segura es de que con Virginia a mi lado nada puede salir mal.

Capítulo 18

Virginia

Tras la confesión de Elea de que quiere experimentar lo que siente cuando ve a dos mujeres follando, mi mente vuela hasta el momento en que yo lo descubrí por primera vez.

—¿En qué piensas? —pregunta Elea.

—En el día que me di cuenta de que me excitaba mucho mirar.

—¿Cómo fue?

—Fue en la universidad. Vivía en una residencia y cuando entré en la habitación vi a Claudia con otra chica, lejos de marcharme y disculparme por no tocar, me quedé parada frente a ellas, mirando cómo aquellas dos mujeres se devoraban.

—¿Claudia?

—Claudia Rojas y yo éramos compañeras en la residencia.

—¿Qué pasó después?

—Seguí mirando hasta que Claudia me dijo que fuera, pero no podía, mis piernas no respondían y sabía que cualquier roce que tuviera en mi sexo iba a explotar. La otra chica se tapó cuando se dio cuenta de mi presencia, aunque después de susurrarle algo mi compañera de habitación, continuaron con lo que estaban haciendo. Cuando mi cuerpo pudo moverse me pasó exactamente lo mismo que a ti, el orgasmo llegó sin aviso y tuve que agarrarme al marco de la puerta antes de salir.

—Así qué a las dos nos pasó lo mismo con Claudia —afirma pensativa.

—Sí, solo que yo no participé. Tú ya habías entrado en el juego de Claudia y Lorena, fue después cuando te diste cuenta de lo cachonda que te pone mirar.

—Ya, aunque en aquel momento las tres en el despacho fue muy excitante, jamás había hecho algo así —confiesa sonrojándose—. Pero fue el después de verlas a las dos, lo que hizo que me quedara paralizada mirándolas, creo que tú lo has explicado perfectamente, cuando dices que no fuiste capaz de moverte.

En ese momento llega la camarera a retirar los platos y a traer la carta de los postres, cuando se marcha alzo la mirada hasta los ojos de Elea.

—El único postre que quiero comer es a ti —aseguro rozando mi mano con la suya.

La mujer que tengo en frente traga saliva y sin esperarlo alza la mano para llamar la atención de la camarera y pedir la cuenta.

—No quiero que te quedes sin postre, cuanto antes lo pruebes será lo mejor.

Elea no es la mujer que me imaginé, insegura y cortada, aunque a veces lo pueda parecer, pero está descubriendo cosas que creo que nunca se había planteado. Nos venden la monogamia como algo extraordinario, el compartir tu vida al lado de una persona para siempre y el hecho de que descubra que hay muchas alternativas la tiene a veces entre curiosa y avergonzada por admitir lo que siente.

Cuando paga la cuenta después de que ella exija que lo debe hacer, llegamos al acuerdo que la próxima vez que quedemos, pagaremos a medias. Salimos del restaurante y vamos hasta el aparcamiento para recoger nuestros coches.

—¿Dónde me vas a comer? —pregunta, apoyando el culo en su coche.

Voy hasta donde está ella para quedarnos completamente pegadas, aparto su pelo del cuello y me acerco.

—Al mismo hotel que la primera vez —susurro para después morder el lóbulo de su oreja y tirar un poco.

Siento cómo Elea se estremece y cómo se aferra a mi cintura con sus manos, exigiendo que me pegue más a ella.

—Es mejor que salgamos de aquí, porque no sé si podré controlarme mucho más —susurro.

Me separo de Elea, dejo un beso en sus labios y voy en dirección a mi coche. Cuando acciono el botón para que se abra, me giro para mirarla y ya no está, su coche está en marcha, esperando que yo haga lo mismo. Una vez dentro, ponemos rumbo al hotel por separado. No logro entender lo que me pasa con Elea y por qué esa ansia de tenerla a todas horas. Normalmente, suelo controlarme, pero con ella la cosa es diferente y no tengo una explicación para eso.

Vamos directamente a la habitación y Elea me mira confundida. Una vez dentro del ascensor, rozo su mano, pero no puedo hacer mucho más, ya que hay otra pareja dentro. Al llegar a la planta cuatro, sujeto la mano de mi acompañante y salimos despidiéndonos de la otra pareja. Tiro de ella por el pasillo hasta quedar frente a la habitación. Elea me mira entrecerrando los ojos, visiblemente desconcertada.

—Cuatrocientos seis —lee en voz alta—. Es la misma de la otra vez.

—Tengo contactos en el hotel —susurro acorralándola entre la puerta y mi cuerpo.

—¿Por eso no hacemos el check-in?

—Ajá —respondo pasando la tarjeta por la puerta para abrirla.

Tras cerrar la puerta, comienzo a besar a Elea, necesito saciarme de ella, sentir a esa mujer a veces vulnerable entre mis brazos. Seguimos besándonos mientras nos quitamos la ropa hasta llegar a la cama. Intento que se siente en el borde, pero parece que ella tiene otros planes y hace que me gire quedando yo sentada con ella arrodillándose delante de mí. Alza la mirada y veo sus pupilas dilatadas, yo estoy tan excitada por la determinación que ha tenido que, sujeto su pelo y separo mis piernas.

—Come —exijo sintiendo cómo late mi sexo.

Ella agarra mis caderas y hace que me ponga más al filo del colchón, hunde su cara en mi sexo haciendo que suelte su pelo y coloque las manos a cada lado para poder soportar el placer que me produce tenerla entre mis piernas.

Terminamos las dos agotadas boca arriba en la cama con la respiración entrecortada mientras pienso en cómo Elea hace que nunca quede saciada completamente de ella y siempre quiera más. Estoy tan desconcertada que necesito controlar mis impulsos de salir corriendo por no saber qué es lo que me está pasando.

Elea se gira hacia mí, quedando de lado apoyada en su brazo, y mirándome fijamente.

—¿Cómo continuó lo que descubriste en la habitación de la residencia? —pregunta tocando mi nariz.

Me giro y me apoyo como lo hace ella y comienzo a contarle:

—Cuando volví a la habitación, fue porque Claudia me había escrito un mensaje de texto que fuera, y así lo hice. En esos días, me sentía extraña. Había estudiado en colegios religiosos toda mi vida, me vendían que encontraría a la persona indicada para mí, independientemente de que me gustaban las mujeres. Mi entorno no lo sabía, pero yo esperaba encontrar a una mujer con la que compartir mi vida para siempre. Tenía mucho miedo de descubrir si realmente me gustaba mirar, así que evitaba el tema con ella.

Cada una siguió con su vida hasta que Claudia me invitó al restaurante donde yo quiero llevarte. Eran pequeños reservados y, aunque al principio todo me pareció extraño y mi interior me decía que huyera del lugar, mi curiosidad fue creciendo. Aquella noche me vi mirando como otras parejas tenían sexo, mientras mi compañera de habitación colaba sus manos entre mis bragas para tener acceso a mi intimidad. Fue el mejor orgasmo que había tenido en mi vida, no me podía creer que solo mirando y ella tocándome podía casi tocar el cielo. Recuerdo que un mar de sensaciones se agolpó en mi interior. Me sentía feliz, sin presiones y reconociendo que aquello me gustaba más de lo que esperaba.

—¿Y después?

—Simplemente, me acepté y empecé a disfrutar del sexo junto a Claudia.

—¿Ella y tú? —pregunta mordiendo sus labios.

—¿Qué?

—¿Fuisteis pareja?

—No, solo era sexo. Claudia odia el compromiso, huye desde que lo huele.

—¿Has tenido pareja alguna vez?

Miro a Elea y sonrío, porque no sé exactamente si debo responder o no. Suspiro, pensando que yo una vez fui como ella, tenía mil dudas cuando descubrí que había una alternativa a lo que nos vendían como sociedad. Yo por suerte tuve a Claudia a mi lado y eso hizo que no me perdiera en un mundo que puede ser para algunos demasiado perverso.

—No importa, no debí preguntarte eso —dice al ver que no respondo.

—Tranquila. Sí, he tenido relaciones, pero no como dicta la norma que debe ser una relación. No soy monógama, así que he tenido parejas de juegos, unas han durado más y otras menos.

Elea asiente pensativa por mi respuesta y vuelve a colocarse en posición bocarriba, mientras me imagino que no para de darle vueltas a la cabeza tras lo que le he relatado.

—Hubo una vez en la que creí que me había enamorado, pero en realidad lo que sentía no era amor, sino más bien la idea de lo que supuestamente se supone que debes tener: una relación estable, una casa, un coche...

—Suena bastante aburrido —respondo acariciando su brazo al ver que se ha quedado callada tras esa confesión.

—Muy aburrido y he decidido no querer aburrirme más —dice convencida.

Sonrío al escucharla, no sé si cumplirá la promesa de no meterse en una relación así de nuevo, lo que tengo claro es que ahora ella quiere descubrir lo que está sintiendo y que yo quiero estar a su lado en ese proceso. Aunque algo en mi interior me grita que huya.

Capítulo 19

Elea

Es la claridad del día la que me despierta. Miro a mi lado y estoy sola, no hay rastro de Virginia. Como la otra vez, dudo que se haya quedado dormida conmigo, es algo que debo preguntarle, pienso mientras me estiro en la cama con una sonrisa al recordar la noche anterior. Esta vez fue diferente; después, mantuvimos una conversación y descubrí cómo ella comenzó en este mundo.

Compruebo el móvil y veo que todavía es temprano. Me levanto y al ir al baño, veo una nota y en ella se lee lo mismo: que tengo el desayuno pagado.

A las nueve y media de la mañana, estoy subida en el coche dirigiéndome a mi casa con una sonrisa estúpida y ansiosa porque llegue la semana que viene y descubrir esas sensaciones que sentí en mi interior aquella noche de sábado. Sin embargo, he de reconocer que con Virginia siento que el mundo se detiene cuando estamos las dos juntas.

Cuando estoy a punto de llegar, recibo una llamada y descuelgo desde los mandos del volante. Es María y me extraña que un domingo me llame.

—¿Sí?

—Te invito a desayunar en casa —me comunica riendo.

—María, que son casi las once de la mañana —respondo riendo.

—De un domingo. Hay gente que no madruga.

—Para la hora que es, mejor me invitas a comer.

—¿Estás en el coche?

—Sí, he venido del hotel después de quedar con Virginia.

—Zorra, ven ya a casa, te invito a lo que quieras, pero necesito saber qué ha pasado.

—Morbosa.

—¡Qué vengas ya!

Comienzo a reír por la orden de mi amiga, eso es más típico de Estela, pero se ve que con el paso de los años se le ha pegado algo de la personalidad de nuestra amiga.

Tras aparcar cerca de casa de María, decido ir a comprar algo al obrador del pueblo para no llegar con las manos vacías. Al entrar, saludo al panadero y le pido unas pastas y unos cruasanes que acaba de sacar, cuyo olor hace que salive.

Mientras camino a casa de mi amiga, no puedo resistir la tentación y termino por sacar un cruasán e ir comiendo. Al llegar, toco el timbre y es María la que me abre.

—¿Estabas detrás de la puerta esperando? —pregunto por la rapidez con la que lo ha hecho.

—Sí.

Observo cómo mi amiga olfatea como un perro y me mira las manos. Me quita en la que tengo los cruasanes, abre la bolsa, y cuando sale el olor se pone a salivar y se va a la cocina dejándome plantada en la puerta.

—¿Puedo pasar? —pregunto riendo.

Veo a Martín que va a salir y me mira extrañado.

—¿Desde cuándo necesitas permiso para entrar? —pregunta entrecerrando los ojos.

—Desde que la maleducada de tu mujer se lleva lo que he traído y me deja tirada en la puerta.

—¡Ha traído cruasanes recién hechos! —grita María desde la cocina.

—¿En serio? —pregunta Martín salivando.

—Sí.

—Creo que antes de ir con Sergio al partido, un cruasán no me vendrá mal —razona girándose para ir hacia la cocina.

Pues otro que me deja plantada en la puerta, eso pensaba yo hasta que Martín se gira y me señala la otra bolsa de papel que tengo en las manos.

—¿Eso qué es?

—Pastas —respondo.

—Vamos a la cocina y preparo el café.

Tras el café y dar buena parte de lo que he traído, Martín se despide de nosotras y mi amiga me arrastra hacia el salón para tomar asiento en el sofá.

—Quiero saber qué ha pasado. ¿Le contaste lo que te inquieta? —pregunta curiosa.

—Sí, hablamos sobre ello.

Termino relatando todo lo de la cena y cómo me dijo que quedaríamos para ir a un restaurante y ver si eso de mirar era algo que fue llevada por la excitación del momento o si realmente me gusta. Le cuento por encima lo que me contó Virginia de cómo ella lo había descubierto y la coincidencia de que a las dos fue Claudia la que nos hizo pensar sobre si eso nos gusta o no.

—Entonces, ¿estás decidida a ir con ella?

—Sí, necesito comprobar y saberlo, o te juro que me voy a volver loca. No paro de darle vueltas a lo que pasó y siempre termino pensando en eso…

—Ya imagino cómo terminas por tu cara de cochina —me corta mi amiga.

—¿Qué debería hacer si me gusta mirar, María? Es que tengo mil dudas.

—Pues explorar. No te reprimas por miedo al qué dirán, Elea, no hagas eso. Si yo lo hubiera hecho, ahora mismo no estaría con Martín. Aunque llevamos muchos años juntos, el amor que sentimos se ha transformado el algo más puro. Nos queremos de forma diferente. Ahora hay mucha mayor complicidad, lo hablamos todo y si algo nos molesta, lo decimos. No nos callamos absolutamente nada.

Me quedo pensando en las palabras de mi amiga y recuerdo lo que me dijo de Virginia y el miedo que tiene a la monogamia. Puedo entender perfectamente ese temor, porque en

167

un momento de la vida la pasión del principio se va y muchas parejas al no sentir eso se siente vacía, al menos sé que mi amiga ha sabido transformar eso.

—¿En qué piensas? —me pregunta al ver que me he quedado absorta en mis pensamientos.

—Virginia no cree en la monogamia —digo, sin saber muy bien por qué lo menciono.

—No es la única que piensa eso —afirma sujetando mi mano.

—Ya lo sé.

—¿Te has enamorado de ella? —pregunta.

Alzo la mirada a mi amiga y entrecierro los ojos al no saber a qué viene esa pregunta. Ni yo misma tengo una respuesta clara, así que decido omitir lo que empiezo a sentir para protegerme de mis propios pensamientos.

—No, con Virginia las cosas están claras, es solo sexo y así lo siento. Es solo que eso que me dijo me hizo pensar.

—¿En qué?

—En que aguanté muchos años al lado de Sofía, solo por no aceptar que aquello se había terminado.

—Olvida eso, Elea. Ya has aprendido y ahora solo te queda descubrir lo que te inquieta. Tienes la suerte de que has encontrado a Virginia. La tía es guapa, te lo pasas bien con ella, disfruta, simplemente haz lo que quieras, sin dar explicaciones a nadie, porque en el momento que empieces a darlas te exigirán que continúes haciéndolo y te van a juzgar por ello. Tenemos una edad en la que el qué dirán nos debe importar una puta mierda, como diría Estela —resuelve riendo.

Abrazo a mi amiga por darme en estos momentos esa seguridad que a mí me falta en ocasiones. Ante Virginia no muestro tanto mis inseguridades como lo puedo hacer con una amiga como la que tengo frente a mí.

—¡Elea! —escucho a la pequeña Mireia detrás de mí.

—Hola, enana.

La niña me abraza y miro a mi amiga, le doy las gracias guiñando un ojo, ella me devuelve una sonrisa. La pequeña se separa de mí y me mira sonriendo.

—Ya tengo lo que voy a ponerme para la comunión —dice sentándose en el sofá para después subir sus piernas.

—¿En serio? —pregunto mirando a María.

—Salimos ayer de compras, fuimos los tres —comenta mi amiga.

—Entonces, ¿ya podemos planear para hacer las fotos?

—Sí, aunque mamá tiene que hablar con Estela para peinarme, pero desde que ella diga, podemos hacer las fotos.

Mireia no parece la misma niña de aquella tarde que fuimos de compra. Ahora la pequeña está feliz de hacer la primera comunión y de que se haya tenido en cuenta lo que ella ha pedido.

Al final, se une a nosotras Estela y las cuatro comemos juntas, ya que sus maridos y el hijo de Estela han ido al futbol y comen con un grupo de amigos. Esa tarde es de chicas y nos ponemos a hacer pruebas a Mireia mientras su madre está feliz al ver a la pequeña tan entusiasmada.

Capítulo 20

Elea

Hoy es miércoles y todavía no he recibido el mensaje de Virginia de si ha reservado o no. Estoy nerviosa, o más bien ansiosa, por ir con ella.

Hoy hace un sol espléndido, así que he aprovechado para buscar localizaciones en el pueblo y hacer algunas pruebas con la cámara para después ir con Mireia. Ella quiere que todo sea diferente, nada de estudios fotográficos, y así será.

A la hora de comer, decido parar a comprar algo, ya que el tiempo se me ha echado encima y son algo más de las dos de la tarde. Al llegar a casa, dispongo todo en la mesa y comienzo a comer mientras miro las redes sociales y me pongo al día de las noticias. Estoy viendo un vídeo de recetas cuando de la parte superior sale un mensaje. Sonrío al ver que es de Virginia, pulso el mensaje y me lleva directamente a él.

—*El viernes a las nueve en el hotel. Te recojo e iremos las dos en un coche.*

Parece que, para Virginia, ese hotel es nuestro punto de encuentro. Me pregunto si hace lo mismo con todas. Deshago la idea de preguntarle si nos lleva a todas al mismo hotel y le respondo.

—*Buenas tardes, Virginia. Estaré a la hora indicada, en el hotel.*

Sonrió por la formalidad utilizada. Cualquiera que leyera los mensajes no pensaría que vayamos a ir a un lugar donde para muchos puede ser una perversión. Cuando veo que lo ha leído mi teléfono comienza a vibrar y es ella la que llama.

—¿Sí?

—Buenas tardes, Elea —escucho a Virginia agitada. Claramente está en el exterior, ya que el ruido de los coches se oye a través del auricular.

—Buenas tardes, Virginia. ¿Estás bien? —pregunto sin saber por qué me llama.

—Cabreada, pero eso es problema mío.

De pronto escucho la bocina de un coche y como Virginia comienza a insultar a alguien. No sé lo que habrá pasado, pero el cabreo es importante.

—No sé ni por qué te he llamado —dice y de pronto dejo de escucharla.

—¿Virginia?

Pienso que quizá me ha colgado, pero miro el teléfono y la llamada sigue. Vuelvo a pronunciar su nombre y miro mi móvil extrañada, como si él me dijera lo que está pasando.

—He entrado en el coche y se me ha conectado al manos libres. Mi día ha sido una mierda, Elea.

No sé qué decir. Ver a la mujer que siempre he visto segura de sí misma desbordada no sé muy bien por qué, me produce una sensación extraña que ni yo misma puedo explicar. Por un lado, quiero decirle que a mí no me importa su vida, que no entiendo esa llamada si no es para hablar de sexo. Pero, por otro lado, la hace vulnerable y que quizá la idea que tengo de Virginia no sea la correcta. Necesito pensar en ella como la mujer segura y que solo quiere pasárselo bien conmigo. No puedo dejar que Virginia se siga colando poco a poco en mi interior, como ya lo está haciendo.

—Perdona, Elea, no he debido de llamarte, he salido de un juicio que parecía fácil. No quiero volverte loca con mis cosas. Es mejor que cuelgue. Recuerda que el viernes quedamos a las nueve, no llegues tarde.

—¿Has terminado de trabajar? —pregunto antes de que me cuelgue.

—Sí.

—Ven —le pido en un impulso que no puedo controlar.

—No creo que sea buena idea, Elea. Nos vemos el viernes.

Tras decir eso, escucho el sonido de que ha colgado la llamada. Me quito el teléfono de la oreja y, sin pensarlo mucho, ya que si me pongo a decidir si es correcto o no, puedo estar toda la tarde, abro el *WhatsApp* y le envío mi ubicación a Virginia.

No obtengo respuesta, es comprensible porque está conduciendo, aunque no sé si tendré una respuesta a lo largo de la tarde.

Después de recoger la cocina, enciendo el ordenador y paso las fotos. Me gustan varias y las aparto para enseñárselas a Mireia. Decido que es mejor pasarle las fotos a María y que ella las vea con su hija. Mañana por la tarde pasaré a ver qué han decidido, porque el tiempo pasa y a veces demasiado rápido. Cuando tomo asiento en el sofá mi móvil comienza a vibrar y es María.

—Dime.

—Mireia pregunta si puedes venir.

—Claro, ya voy.

—Perfecto, te esperamos.

Cuelgo, cojo las llaves de casa y, al salir, me tropiezo con alguien de frente.

—Joder —protesto por el susto.

Levanto la vista y tengo frente a mí a Virginia, que me mira pasando la lengua por su labio inferior mientras arquea una ceja.

—Mierda —susurro sabiendo que dejaré a mi amiga plantada.

Tiro de Virginia y la meto en la casa. Cierro la puerta de un portazo y ella tira de mí hasta dejarme con mi espalda pegada a la pared de la entrada de mi casa. Comienza a besarme mientras me quita la camisa tras tirar su bolso en el suelo. No hay palabras entre nosotras, solo son nuestras bocas reclamándose, el deseo es el que habla por nosotras. Recorremos nuestros cuerpos con las manos, mientras nos seguimos besando. Caminamos por el pasillo hasta que llegamos a mi habitación, ya solo me queda mi pantalón y a ella una falda que se me antoja demasiado sexi para que se la quite. En lugar de terminar en la cama, hago que Virginia apoye el culo en la cómoda, subo su falda y aparto sus bragas, haciendo que mi amante suspire al notar mis dedos recorrer su sexo. Comienzo a mover en su interior mientras ella apoya las manos en la cómoda para buscar estabilidad, echa su cuerpo para tras y lo recorro primero con una mano y después con mi lengua mientras no dejo de deleitarme entre sus piernas. No tarda mucho en jadear exigiendo que lo haga más fuerte hasta que explota de placer y se aferra a mi cuello.

Una vez está recuperada se aparta y hace que la mire para volver a besarnos. En la habitación son nuestros jadeos, los que resuenan. Exijo que quiero más y nos entregamos al placer la una a la otra.

Las dos quedamos exhaustas boca arriba en la cama, intentamos que nuestra respiración se normalice. No sé el tiempo que ha pasado, pero debe ser bastante, porque se escuchaba mi teléfono que había dejado en la entrada y que ahora comienza a oírse de nuevo.

—Parece que alguien tiene prisa de hablar contigo —dice por fin Virginia incorporándose en la cama.

—Seguro es María, había quedado con ella.

—Lamento haber trastocado tus planes.

—Si siempre me los trastocas así, puedes venir cuando quieras —reconozco haciendo que Virginia me mire y sonría.

No hay respuesta a eso, se pone de pie y comienza a vestirse, miro el reloj y son las ocho y cuarto. Ella sigue en silencio poniéndose la ropa hasta que se da cuenta de que no ve el sujetador.

—Está en la entrada —digo resolviendo su duda.

La situación es tan incómoda que no termino de entender por qué está pasando esto. Me pongo de pie y voy a la entrada a recoger las cosas que dejamos esparcidas para llevarlas a la habitación.

—¿Puedo usar el baño?

—Claro que puedes.

Ella asiente agradecida, coge la ropa y tras decirle donde está el baño, me mira y no es capaz de caminar. Tengo mil dudas por el comportamiento que está teniendo, así que sujeto su brazo antes de que se vaya.

—¿Qué es lo que pasa? —pregunto frunciendo el ceño.

—No debí venir, fue un impulso. Estaba sobrepasada y al ver tu dirección decidí venir.

—Siempre nos hemos movido por impulsos, Virginia.

—Ya, es que hoy fue un día de mierda, Elea. He confiado en alguien muy cercano y muy probablemente he perdido un caso. Nunca debí de confiar en la parte contraría.

—Confiar a veces es parte de un proceso. No entiendo nada de juicios y de tu trabajo, pero lo que sí sé es que yo confío en ti. Sería una mierda no poder contar con alguien en estos momentos.

—Solo es un mal día, mañana se me pasará y esperaré la sentencia.

Asiento y suelto la mano de Virginia que sin darme cuenta seguía sujetándola.

—Al menos espero que venir aquí y follar te haya servido para despejarte —digo cuando ella está a punto de salir de la habitación.

—No quiero que pienses que te he utilizado, Elea —responde apretándose el puente de la nariz.

—Tranquila, mientras sea algo consensuado entre las dos, por mí vale.

—No vale, nadie puede hacerte sentir mal.

—Virginia, fui yo la que te pasó la dirección, si no quisiese que vinieras, no te la hubiese pasado. No hagamos un drama de esto. A mí al menos me ha relajado el estar contigo —digo acercándome a ella y pasando mi lengua por sus labios para rebajar la tensión.

—Eres un peligro —susurra bajando su mano a mi sexo haciendo que me estremezca.

Estoy completamente mojada y ella lo nota nada más tocarme, sonríe y veo cómo sus ojos se oscurecen llevada por el deseo, Virginia comienza a follarme, de pie, sin contemplaciones, mientras yo me agarro al marco de la puerta.

Una hora después, Virginia se marcha acordando que el viernes nos volveremos a ver. Cojo el teléfono y marco el número de teléfono de mi amiga, sabiendo que me voy a llevar una bronca por ignorarla.

Capítulo 21

Virginia

Salgo de casa de Elea sin saber muy bien por qué tuve el impulso de ir a verla. Normalmente, cuando me pasa lo que me ha pasado hoy en los juzgados, voy al restaurante de Claudia y acabo teniendo sexo esporádico con alguien. Sin embargo, hoy al ver que Elea me respondía, he decidido llamarla y al ver su dirección, tras no meditarlo demasiado, he ido a verla.

El día ha sido una mierda desde que he puesto un pie en el suelo al levantarme de la cama. Pensaba que la familia no se traicionaba, hasta a la hora de al medio día, cuando vi como alguien en que confiaba rompía el acuerdo y fuimos a juicio. Lo que debería haber sido un puro trámite en la separación de un matrimonio se ha convertido en una guerra en sala. No solo por las propiedades, sino que la persona que no es solo compañero de profesión, sino parte de mi familia, terminó por pedirle a mi clienta una compensación económica porque ahora su cliente se quedaría sin el estatus social del que disponía al tenerla a ella, Todo era uno sin sentido. Afortunadamente no había niños de por medio, porque las cosas se hubieran puesto bien difíciles. Salí de la sala cabreada, de mal humor y con la sensación de traición por parte de una persona que admiraba hasta hoy.

Mi teléfono comienza a sonar y veo que es Gabriela. Descuelgo desde el manos libres del coche y espero que sea ella quien hable primero.

—Me acabo de enterar de lo que ha pasado. ¿Estás bien?

—No lo sé —respondo con desgana sin desviar la vista de la carretera.

—¿Estás conduciendo?

—Sí.

—¿Dónde estás, Virginia?

—He ido a ver a Elea.

Nos mantenemos en silencio en la línea del teléfono, yo no digo nada y ella tampoco, hasta que la escucho suspirar.

—Tu hermano es un cabrón —suelta de pronto—. No entiendo cómo ha podido hacerte esto. Habíais llegado a un acuerdo.

—No quiero hablar de eso, Gabi. Lo único que quiero es que termine este maldito día, pero a partir de ahora se acabaron los acuerdos por mi parte a no ser que se acepten las condiciones en los juzgados. Nada de ir directamente a ratificar en sala y que me pase esto.

—Sigo sin entender por qué lo ha hecho.

—Sigue pensando que me acosté con su exmujer —admito al fin—. Pensaba que ese tema estaba resuelto, pero se ve que para él no. Joder, que yo jamás me acostaría con ninguna mujer que estuviera con mis hermanos.

—Tu hermano Fran es el que menos luces tiene. Todavía no entiendo cómo pudo terminar la carrera y llegar a ejercer.

—Necesito olvidarme de esto, Gabi. Dejar que llegue la sentencia y ver qué pasa.

—Vale, cualquier cosa estoy aquí.

—Gracias.

—¿A dónde vas ahora?

—Voy a casa directa. No te preocupes, te escribo cuando llegue.

—Así me gusta —responde Gabi antes de despedirnos y dar la conversación por finalizada.

Sigo conduciendo en silencio mientras escucho música. Sonrío al recordar el encuentro con Elea y lo único que ahora mismo deseo es que sea viernes para poder ir con ella a descubrir lo que siente cuando ve a dos mujeres jugar entre ellas.

Mi teléfono vuelve a sonar, esta vez es Claudia. Sé lo que quiere y, sinceramente, yo ahora mismo no tengo ganas de mantener ninguna conversación. Insiste hasta en tres ocasiones y al no recibir respuesta me salta un *WhatsApp* en la pantalla del coche.

—*Pensaba que vendrías. Si necesitas algo, estoy aquí.*

Sonrío al leerlo, aunque es normal que no siempre se gane en los juzgados o que las cosas salgan como esperas, veo que tengo buenas amigas. El hecho que la traición haya llegado por parte de mi hermano ha hecho que la gente en quien confío se preocupe por mí, y eso me satisface enormemente. Aunque haya decidido vivir la vida que quiero, me he rodeado de personas excepcionales. Por un momento vuelve a mi mente ella, la mujer con la que acabo de estar y con la que no sé exactamente qué me está pasando, pero es pensar en que se puede alejar de mí y mi pecho se encoge y el miedo a ese sentimiento se empieza a apoderar de mí.

Capítulo 22

Elea

Después de llamar a María para explicarle lo que ha pasado y por qué no fui a la casa, entro a la ducha mientras pienso en que no me importaría que Virginia se presentara de vez en cuando en mi casa. Una vez en la cama, recuerdo lo sucedido con la abogada, por un momento vuelvo a sentir esa soledad que pensaba que ya no volvería, esa que sentí cuando me quedé sola y que tuve que lidiar con ella. Dormir abrazada a alguien, un beso en la espalda mientras acariciaba su pelo. Eso que eché de menos cuando Sofía se fue de mi vida, pensaba que no volvería a pasarme, pero allí estaba de nuevo, acechando. Cuando estuve en el hotel no tenía esa sensación de vacío, me había mentalizado que era sexo esporádico con alguien hasta conseguir un objetivo, después de lo de hoy no lo tengo tan claro. Sé que ahora mismo, Virginia para mí es como una bomba de relojería, algo que pensaba que tenía bajo control, pero realmente no es así.

Mi teléfono vibra y es un mensaje de la mujer con la que he estado hace unas horas.

—*Ya he llegado. Buenas noches.*

—*Buenas noches.*

Le doy al botón de enviar y suspiro esperando que ella no responda. Necesito su indiferencia ahora mismo, la misma que usa cuando estamos en el hotel y se marcha sin despedirse.

—*Nos vemos el viernes.*

Leo el mensaje y decido no contestar.

—Mierda —susurro sabiendo que tengo un problema.

Despierto nerviosa, ya es viernes y tengo una cita. Realmente no sé si los nervios son por volver a verla después de lo que pasó en mi casa o por el hecho de que hoy puedo volver a sentir lo que me pasó cuando vi a Claudia y Lorena juntas. Según Estela, esta es mi noche y debo disfrutarla.

Ayer jueves fui a casa de mi amiga y organizamos todo con Mireia. Estábamos las tres felices de ver a la niña contenta. Después de una tarde de amigas, llegó el interrogatorio de María sobre por qué Virginia había venido a mi casa. Por suerte Estela intervino y le dijo, que me dejara disfrutar, que ahora solo estaba descubriendo y que, si la mujer había querido venir a hacerme una visita, era porque nos los pasábamos bien juntas.

Me mantuve callada y asentí a las afirmaciones que hacía Estela. Esa fue mi tarde de ayer con mis amigas, yo no pude confesarles que estaba sintiendo algo por la abogada, porque me hubieran pedido que me alejara y esa posibilidad ahora mismo ni me la planteo.

Por suerte el día de hoy pasa rápido, ya es casi la hora de salir y estoy preparada para dirigirme al encuentro con mi cita.

Llego a la hora indicada, aparco y veo a Virginia esperando de pie en la entrada del hotel. Ella viene donde estoy yo y abre la puerta del coche antes de que salga.

—Hola. He pensado que podemos ir en tu coche, si no te importa —dice poniéndose el cinturón de seguridad.

—Claro —respondo, poniendo el coche en marcha—. Indícame como ir al restaurante.

Virginia me mira, se muerde el labio inferior y mi cuerpo comienza a arder. Se acerca y, tras pasar un dedo por mis labios, se inclina para besarme. Abro la boca para recibir su lengua, tiro suavemente de ella por la nuca, pero el cinturón de seguridad nos impide acercarnos más.

—Espera —susurra agitada—. Vamos al restaurante, hay tiempo para todo —dice acariciando mi rostro mientras se coloca bien en el asiento y suspira.

Mi acompañante me da las indicaciones hasta llegar al sitio indicado. Aparcamos y caminamos en silencio hasta llegar a una puerta que en cuyo lateral derecho hay un panel con número iluminado. La miro extrañada, señalando al lugar.

—¿Es aquí? —pregunto sorprendida por la discreción del sitio.

—Sí, tras la reserva dos horas antes recibes un código para poder acceder —explica Virginia.

—Pensaba que era un restaurante normal —comento, recordando cómo era el local de Claudia.

—Los hay, pero este sitio lleva muchos años abierto. En un principio, no estaba muy bien mirado, y, además, se reunían gente del mismo sexo para tener relaciones. Todo era mucho más clandestino. Antes, para acceder, era una tienda de comestibles y se entraba por la trastienda. Siempre fue muy misterioso y han querido seguir con eso. Pero como sabes, ya no son así, son como los que tiene Claudia o abiertamente ponen *swinger*. Las propietarias de este local son dos mujeres, una de sesenta y cuatro y la otra de sesenta y ocho. Aunque actualmente, quien lleva las reservas es su nieta.

—¿Su nieta? —preguntó sorprendida.

—Sí —afirma.

Mi acompañante teclea el número que le han indicado mirando en el móvil y accedemos a una antesala iluminada con una luz tenue. Agarro la mano de Virginia y me pego a ella mientras caminamos hasta llegar a un mostrador en donde hay una chica. Ella saluda a la abogada mientras yo me mantengo al margen, dejamos nuestros abrigos y avanzamos por un pasillo hasta llegar a otra puerta.

—Bienvenida al pecado —dice Virginia abriendo la puerta para mostrar lo que hay dentro.

Doy unos pasos y puedo ver un local inmenso, completamente iluminado, no en exceso. El espacio es grande y aunque hay algunas mesas en zonas comunes, veo cómo hay otras que las separan unas cortinas. Una chica se acerca a nosotras y, tras dar el código, nos dirige hacia nuestra mesa.

—Estás helada —afirma cuando toca mi mano para que la siga.

Por suerte, la mesa que ha reservado es una de las que tiene cortinas. Tomamos asiento y puedo ver que a nuestra derecha hay un cristal que no sé muy bien a dónde da.

—Primero si quieres cenaremos algo. Detrás de eso que miras hay una sala en la cual hay gente manteniendo sexo entre ellas. Cuando lo creas conveniente apretando este botón —dice señalando a un interruptor un poco por encima de nuestra mesa—, la cortina sube y puedes ver lo que pasa. Si quieres participar solo tienes que decírmelo e iremos.

Mis manos cada vez sudan más por los nervios, en este momento no sé si ha sido la decisión correcta el haber venido aquí. Lo que me encontré la otra vez fue de casualidad ver aquellas dos mujeres. Esto es distinto porque sé a lo que he venido.

—Elea, si quieres solo cenamos y nos vamos. No vas a ver nada que no quieras y mucho menos participar —intenta tranquilizarme.

—Solo estoy algo nerviosa, imagino que se me pasará.

—Si no se te pasa siempre nos podemos ir, aquí lo importante es que estés a gusto, ¿de acuerdo?

Asiento y ella pulsa un botón, a los pocos segundos hay una chica a nuestro lado. Pedimos las bebidas, mientras ella nos deja la carta para que elijamos la comida. Tras decidir qué vamos a cenar, mi acompañante siempre intenta que me sienta a gusto. Pedimos la comida y no tardan mucho en traerla.

Una vez traen la cena, Virginia ha logrado relajarme y comemos tranquilas mientras hablamos de nuestra semana, todavía no sé muy bien quién es esa persona que la traicionó y la hizo llegar hasta mi casa.

Una vez terminamos de comer y sin pensarlo demasiado acciono el botón que me ha dicho para poder ver la sala que hay detrás del cristal. Cuando la cortina sube, se puede ver a varias mujeres teniendo sexo, yo fijo la mirada en una de ellas, hay una chica que está con las piernas abiertas agarrando la cabeza de otra que la hunde en su sexo. Miro a Virginia muerta de deseo, han sido unos segundos, pero puedo notar la humedad. Mi acompañante sonríe mojándose los labios, vuelvo a mirar y sigo viendo cómo la chica respira con dificultad por lo que le están haciendo. No puedo desviar la mirada, solo comienzo a sentir la misma excitación que sentí hace unas semanas.

—Quiero ver cómo te follan —susurra Virginia en mi oído.

La miro con la respiración agitada y un deseo interior porque me toque, no sé en qué momento se ha sentado a mi lado, pero ahora mismo lo único que deseo es que ella calme las ganas que tengo de exigirle que me devore.

La boca se me seca y no soy capaz de pedirle nada, vuelvo a mirar hacia la sala del pecado y cierro los ojos al notar como Virginia desabrocha el botón de mi pantalón. Besa mi cuello mientras yo cojo su mano y la meto entre mis bragas y sexo.

—Joder —ahogo un gemido al notar el contacto.

Virginia cambia de mano, para tener mejor acceso, mientras besa mi cuello. Yo no soy capaz de tocarla, solo apoyo la espalda al respaldo del asiento y bajo un poco mi pantalón, dejando que Virginia calme lo que estoy sintiendo ahora mismo. Logra que tenga dos orgasmos seguidos, jamás me había pasado. Ahora cojo a mi acompañante de la nuca y comienzo a besarla para después meter mi mano y poder tocar su sexo. Cuando lo hago noto que ella no está mucho mejor que yo, hundo mis dedos en su vagina y los muevo como puedo hasta que Virginia hace que la mire mientras llega al orgasmo.

—Larguémonos de aquí —pido muerta de deseo.

Nos colocamos la ropa y salimos del local hasta llegar al coche. Antes de que pueda entrar, Virginia me corta el paso.

—¿Lo has hecho alguna vez en la calle? —pregunta pegando mi cuerpo al coche y ella a mi espalda.

—No.

Separa mis piernas y mi botón del pantalón vuelve a estar desabrochado y ella metiendo una mano y pegándome más al coche.

—No grites —me pide como si eso ahora mismo yo lo pudiera controlar.

Como era de esperar no tardo en llegar, me giro para quedar de frente a ella y veo cómo se mete los dedos en la boca y los chupa.

—Quiero que me folles con arnés —pido muerta de deseo.

—Dame las llaves del coche —exige.

Hago lo que me pide y ella entra en el lado del conductor mientras yo me subo al del acompañante. Virginia arranca y pone rumbo, no sé muy bien a dónde, pero no me importa mientras pueda calmar todo lo que siento ahora mismo.

Capítulo 23

Elea

Cuando llegamos al hotel, Virginia pasa de largo y aparca una calle por detrás y la miro extrañada por lo que ha hecho.

—Vamos a mi casa —confiesa quitándose el cinturón de seguridad.

Salimos del coche y camino detrás de ella en silencio hasta llegar a su portal, entramos al ascensor y pulsa el número seis. Antes de cerrarse la puerta accede una chica con su perro, Virginia da dos pasos hacia atrás y se tropieza conmigo y yo lejos de apartarme meto mis manos por la parte trasera de su blusa y desabrocho el sujetador. La chica saluda a Virginia mientras yo sigo jugando con mi mano por su espalda. Cuando la chica se baja en el piso tres, mi acompañante se gira y me acorrala en el ascensor. Pasa su lengua por mis labios mientras no puedo moverme porque su mano está en mi pecho y no deja que avance. Me lame y se aparta de mí, torturándome.

Llegamos a la planta y salimos hasta llegar a la puerta de su apartamento, mete la llave y abre la puerta.

—Te estás portando muy mal, Elea —dice antes de entrar.

—Yo... No...

Me pega contra la pared y pasa sus manos por debajo de mi blusa hasta que atrapa los pechos, primero los acaricia para después apretar mis pezones. Un suspiro sale de mi boca sin poder controlarlo.

—Ahora vamos a jugar a tu juego —susurra pasando la lengua por mi oído.

Mi cuerpo tiembla por el contacto, se separa y puedo ver cómo sus pupilas están dilatadas debida a la excitación, tira de mí hasta que me lleva a su habitación. Se quita la ropa mientras yo la observo. Cuando ve que intento tocarla me detiene poniendo una mano en mi pecho.

—Todavía no.

Se quita el sujetador que yo había desabrochado momentos antes y por último las bragas. Se sienta en la cama y sube un poco hasta colocar sus piernas encima, se abre y pasa sus dedos por su sexo para que pueda contemplar la humedad.

—Ni se te ocurra moverte o no podrás tocar.

Veo cómo se introduce dos dedos en su interior arqueando su espalda, suspiro desesperada por lo que veo.

—Me estás torturando —protesto.

—No tanto como te lo mereces.

Saca los dedos húmedos de su vagina y recorre su clítoris hinchado, jadea al notar el contacto.

—Si no paras con lo que estás haciendo con solo moverme, me correré, Virginia. Necesito que dejes de hacer eso.

Baja los pies de la cama y me miro con deseo.

—Quítate la ropa —ordena.

Le hago caso y me quito la ropa lo más rápido que puedo, quedando completamente desnuda frente a ella. Se levanta y se pone detrás de mí, sus pechos rozan mi espalda desnuda, agarra mi barbilla y echo la cabeza hacia atrás. Pasa la lengua por mi cuello mientras con la otra mano atrapa uno de mis pechos y lo aprieta.

—Ahora voy a follarte como me has pedido —susurra.

Va al armario y saca el arnés, Virginia se lo coloca bajo mi atenta mirada, mientras muerdo mi labio inferior sabiendo lo que me espera con esa mujer. Me exige subir a la cama, me coloca cuatro patas y siento su mano, empujar mi espalda y hace que mi culo se eleve más. Con una mano toca mi sexo y después de comprobar que estoy lo suficiente mojada, coloca el falo en mi entrada y lo introduce sin contemplación haciendo que gima al sentirlo.

Comienza un baile de entrada y salida, haciendo que mis jadeos casi se conviertan en grito. Agarra mi larga melena y tira de ella provocando que una oleada de placer me llegue y que un grito placentero salga de mi garganta de forma desgarradora. Virginia no para y sigue con el ritmo que lleva. Sigue sujetando mi pelo con una mano mientras con la otra se agarra a mi cadera.

—Esto es lo que querías, ¿verdad? —pregunta agitada.

—Sí…, joder —logro decir.

Suelta mi pelo para sujetar mis caderas con las dos manos para poder seguir con sus embestidas. Me da un cachete con su mano que impacta en mi nalga y hace que por instinto retraiga la vagina haciendo que el placer se multiplique y llegue al orgasmo antes de lo esperado.

Virginia sale de mí y me dejo caer en la cama intentando calmar mi respiración después de lo que acaba de pasar, pero me doy cuenta de que esto no ha acabado cuando la escucho.

—Ponte boca arriba —exige.

Hago lo que me pide y quedo boca arriba apoyando mi cabeza en la almohada. Ella ya no tiene el arnés y se coloca a mi lado de rodillas, coge mi mano y la pasa por su sexo.

—Ahora debes poner remedio a esto.

Asiento y comienzo a mover mis dedos entre sus pliegues.

—Así no quiero —protesta apartando mi mano.

Coloca una pierna a cada lado de mi cara y me mira desde arriba, sonrió sabiendo lo que me va a pedir.

—Come —ordena tirando de mi pelo hacia arriba.

La agarro por las caderas y hundo mi cara en su sexo, lamo, chupo y succiono mientras noto como su humedad corre por mi barbilla. Virginia se retuerce mientras intenta no desfallecer apoyándose a la pared. Me separo un poco y logro meter una de mis manos entre nosotras y coloco dos dedos en la entrada de su vagina y comienzo a jugar sin llegar a entrar mientras sigo lamiendo su clítoris cada vez más hinchado.

—Para… de… torturarme —logra decir.

Introduzco dos dedos haciendo que arquee su espalda y masajeo esa parte interior que la vuelve loca mientras sigo mi baile con la lengua. En poco tiempo comienza a temblar hasta que da un grito contenido de placer, llegando así al tan ansiado orgasmo.

Ahora es ella la que cae a mi lado, me coloco de lado y la observo. Tengo un mar de sensaciones en mi interior y no sé cómo controlar esto que estoy empezando a sentir y cada vez es más intenso.

—¿Qué? —pregunta sonriendo cuando ve que me he quedado embobada mirándola.

—Nada —susurro acariciando con un dedo su nariz.

Virginia se acerca a mí y me besa. Nos fundimos en un beso profundo y nuestros cuerpos se abrazan como si, en realidad, ya supieran que en algún momento se conocerían, porque se amoldan perfectamente siendo uno.

Capítulo 24

Virginia

Sigo abrazada a Elea y me siento muy bien cuando estoy con ella. Sonrío porque, aunque sé que para ella solo soy alguien con quien experimentar en este momento, me doy cuenta de que debo tener cuidado, ya que con ella es todo diferente a lo que he sentido hasta ahora. He estado con otras mujeres y tenido relaciones, pero lo que empiezo a sentir me preocupa, ya que nunca me he sentido tan a gusto con nadie como con ella.

—Tengo que marcharme a mi casa —afirma deshaciendo el abrazo.

—Es tarde, puedes quedarte y te vas mañana.

Veo cómo me mira con expresión interrogativa.

—Además, tienes que contarme si has descubierto que te gusta mirar, como pensabas.

—Ha sido raro —reconoce—. Me excité mucho, lo notaste, pero estaba nerviosa, fue distinto a como pasó con Claudia y Lorena. No sé si sería capaz de exponerme delante de más gente como hacen esas mujeres.

—Entiendo. Te gusta mirar, pero en algo más íntimo.

—Sí, eso es, por ejemplo, quedar las dos con otra chica.

Sonrío al escucharla, sé que es lo que quiere hacer y aunque yo no tuve sus dudas y entré en el juego junto a Claudia sin importarme absolutamente nada, comprendo que alguien que acaba de descubrir que le excita mirar sea más comedida.

—¿Qué edad tienes? —pregunto intrigada.

—Soy mayor de edad si es lo que te preocupa —comenta riendo.

—Idiota, solo era por curiosidad. Yo tengo cuarenta y cinco años y hace más de veinte que sé lo que me gusta, es normal lo que sientes y más descubriendo todo eso que tenías oculto dentro de ti. Quiero que me pidas lo que deseas hacer, sé exigente, jamás te conformes.

—Tengo cuarenta y uno. Ahora mismo lo único que quiero es volver a quedar contigo y que haya otra mujer, para poder ver cómo tienen sexo juntas.

—¿Participarías?

—No lo sé.

—Cuando estuviste con ellas en la oficina, ¿qué querías hacer?

—No quería irme, quería seguir mirando y tocarme.

—¿Sabes lo que me gustaría a mí?

—¿El qué?

—Ver cómo te lo hacen, tener a alguien a quien le diga exactamente lo que debe hacer contigo. Escucharte gritar y que me pidas que pare con la tortura y que le exija que te folle. También quiero atarte a la cama y recorrer tu cuerpo con mi lengua. Quiero hacer tantas cosas contigo, Elea —confieso, excitada.

—Hagámoslas —me pide atrayéndome a ella para besarnos.

Me despierta la claridad entrando en mi habitación, ya que me olvidé de bajar el estor. Siento a Elea pegada a mi espalda, me giro hacia su lado y puedo verla completamente dormida. Acaricio su nariz con el dedo y ella se mueve, luego se gira dándome la espalda. Me acerco a ella y aspiro el olor de su pelo.

—Buenos días —susurro al notar que vuelve a moverse.

—Buenos días —responde.

Ella atrapa la mano que tenía en su cadera y me deja un beso. Pego mi cuerpo a su espalda y nos mantenemos en silencio un rato hasta que mis tripas comienzan a rugir.

—Necesito desayunar, ¿café, zumo, ColaCao?

—Café con leche está bien.

Me levanto de la cama y cojo la bata que tengo colgada, me la pongo y antes de salir para pasar al baño, Elea me habla:

—¿Puedo ducharme?

—Sí, claro. Ahora te saco la toalla, tengo ropa interior nueva —digo dirigiéndome al cajón.

Primero cojo una toalla para después sacar unas bragas, las dejo en los pies de la cama.

—Ve duchándote, en lo que yo preparo el desayuno.

Tras entrar yo primero a lavarme las manos y la cara al baño, pasa Elea. Voy a la cocina y empiezo a preparar las cosas. Cuando lo tengo todo listo y solo me falta coger la jarra con el zumo de naranja, siento las manos de la mujer que durmió anoche conmigo rodear mi cintura y dejar un beso en mi cuello. Cierro los ojos porque la sensación es tan agradable que me asusta. No soy capaz de girarme y mirarla, ella suelta su abrazo y se va.

—Espero que te guste lo que he preparado —digo poniendo los vasos con el jugo encima de la mesa para después tomar asiento.

—Todo tiene una pinta estupenda.

Estamos sentadas en silencio hasta que el silencio lo rompe Ella.

—No esperaba desayunar hoy en compañía —afirma mientras unta la tostada con mermelada.

—Yo tampoco lo tenía planeado —reconozco.

—Es raro esto —reconoce.

—¿El qué exactamente?

—El haberme atrevido a entrar en el juego de Claudia, en encontrarte a ti. Normalmente, soy más racional, no soy una mujer de ir a la aventura y ya.

—¿Y qué te ha hecho cambiar?

—La monotonía, el encontrarme mal, el pensar que había encontrado a alguien para toda la vida y no era verdad. Llevo un año de mierda, aunque he buscado ayuda para sobrellevarlo.

Sofía se fue, la fábrica donde siempre había trabajado cerró y me vi sin nada en cuestión de meses. Vivo en un pueblo donde nos conocemos casi todos, era insoportable ver cómo la gente te miraba con condescendencia, la hija de Amparo la habían dejado y se había quedado sin trabajo. Fue todo una mierda —admite antes de llevarse el vaso de café a sus labios.

—¿Por eso fuiste al local de Claudia?

—No, la realidad fue que vinimos a la capital de compras. María, Estela y yo a pasar un fin de semana de desconexión. Vimos el restaurante y entramos, lo que pasó después ya lo sabes, fue Lorena quien nos hizo entrar en el juego. Mis amigas entraron a una sala mientras yo acompañé a la camarera. Después a la mañana siguiente te vi en la cafetería. Me diste la oportunidad de conocerme a mí misma, bueno me la estás dando. Disfrutar del sexo abiertamente sin esconder mis deseos más ocultos, haces que explore, que busque qué me gusta y qué no. Creo que aquella mañana encontrarte fue lo mejor que me podía pasar.

Miro a Elea y no soy capaz de decirle nada, para mí también ha sido lo mejor que me ha pasado en mucho tiempo, pero no quiero precipitarme, necesito saber que esto que siento no es solo por el inicio. Ella no deja de mirarme mientras yo sigo en silencio, ¿qué le digo? Yo también estoy a gusto contigo, ahora mismo no puedo ni debo, eso sería condicionar a la mujer que tengo en frente.

—Elea yo…

—Sé lo que es esto, Virginia. Solo quería que supieras que para mí encontrarte ha sido oxígeno en mi vida, no pretendía ni pretendo otra cosa que seguir descubriendo cosas contigo, pero tampoco soy de piedra y la realidad es que me siento a gusto estando contigo, me encantas.

—Yo también me siento a gusto contigo —admito—, pero…

Elea pone un dedo en mis labios y hace que no siga hablando.

—Nada de peros, dejemos que esto fluya y si para alguna de las dos es un problema lo hablamos y cortamos este pacto que tenemos. ¿Te parece?

—Me parece —acepto.

Tras el desayuno ella se marcha de casa y yo me tiro en el sofá sin comprender cómo esa mujer se está colando cada vez en mi interior.

—Debe ser la edad —razono intentando quitar importancia a lo que empiezo a sentir por Elea.

Capítulo 25

Elea

Vuelvo a mi casa después de pasar una noche con Virginia. Para mí, hemos pasado una barrera. Siempre que quedábamos, nunca habíamos pasado la noche juntas. Y aunque en un principio podría pensar que era porque ella me veía como una más, quedarme en su casa ha supuesto cruzar una línea peligrosa: compartir cama, abrazarla por la noche, sentir que no dormía sola. Si antes ya me sentía a gusto a su lado, ahora quiero que siempre sea así. Soy consciente de que esto no puede volver a pasar. No puedo volver a quedarme con Virginia o estaré perdida. Yo empiezo un proceso de aceptación de lo que me gusta y de no depender de nadie emocionalmente. Ella ya lo tiene muy aprendido, así que juega con ventaja.

Cuando entro en mi casa y escribo a Virginia para decirle que ya he llegado, me arrepiento nada más darle al botón de enviar, pero decido que no lo voy a borrar. Una vez sentada en el sofá los recuerdos de la noche con esa mujer que conocí hace apenas unas semanas se agolpan en mi cabeza. Descubrir lo que sentí en el restaurante de Claudia se está convirtiendo en toda una experiencia, y conocer a la abogada es lo mejor que me ha pasado desde que Sofía se fue de casa.

—No puedo enamorarme —repito como un mantra mientras enciendo la televisión para distraerme de mis propios pensamientos.

El domingo, Virginia solo me respondió con un *vale* al mensaje de mi llegada. No hubo nada más, y sentí que cada vez esa mujer se alejaba más de mí. Hoy es jueves, estoy haciendo el almuerzo cuando mi teléfono comienza a vibrar, miro la pantalla y es una llamada de la mujer que últimamente ocupa mis pensamientos.

—¿Sí?

—Hola, Elea, ¿estás ocupada?

—No —respondo nerviosa.

—Quería saber si sigue en pie lo de hacer el trío. ¿Realmente quieres hacerlo?

—Claro que quiero.

—Vale, puedo hablar con Claudia y que nos concrete una cita.

—¿Con Claudia?

Virginia ríe a través del auricular, mientras yo cada vez me estoy poniendo más nerviosa.

—No, con ella no, pero hay muchas chicas que le dejan su tarjeta. Si quieres contratar a alguien, Claudia es la mujer indicada.

—Virginia, yo no sé cómo funciona eso. Si hay que pagar antes de que llegue o después.

—No estoy hablando de dinero, Elea, solo si te parece bien que contacte con Claudia y me dé la tarjeta de alguna chica.

—Lo que hagas está bien. De hecho, no pensé que me preguntarías, solo que llevarías a alguien. Aunque en realidad tampoco sabía si lo harías o no.

—¿Quieres hacerlo?

—Claro que quiero, me muero de ganas —admito ruborizada.

Escuchar la risa nasal de Virginia es como si la tuviera a mi lado y pudiera ver esa cara de deseo que se le pone mientras muerde su labio inferior instintivamente.

—Me encanta escucharte sonreír —reconozco.

Suspira y yo cierro los ojos deseando que el tiempo se pare en este instante. Me encanta hablar con ella y he de admitir que me muero de ganas de verla.

—Tengo que entrar a una reunión, Elea. Te mando un mensaje cuando tenga concertada la cita.

—Vale.

Después de eso nos despedimos y cuelgo el teléfono. Mi piel se eriza al pensar en ver a Virginia con otra mujer o simplemente que sea ella la que me mire, es una sensación que quiero experimentar. ¿Cómo será que me vea hacerlo con otra mujer mientras me mira? Un escalofrío recorre mi cuerpo solo de pensarlo.

Por la noche recibo un *WhatsApp* de Virginia en el que me indica que quedaremos el viernes a las diez de la noche en el hotel de siempre y el mismo número de habitación, que suba directa y no pase por recepción. Tras responder que allí estaré, ella se desconecta y la duda me viene, si me ha escrito es que está con Claudia. Deshago la idea y me meto en la ducha.

Al salir mi cabeza sigue dando vueltas con dónde puede estar Virginia o qué está haciendo. No entiendo qué me pasa, pero como una niña, cojo el teléfono y le escribo.

—*Hola, Virginia. Tengo una duda, ¿debo ir vestida de alguna forma?* —*pregunto sabiendo que es una forma vulgar de llamar la atención.*

Ella no responde, de hecho, ni siquiera está en línea y mi mente comienza a imaginarse situaciones y más allá de molestarme me excita.

—*Vestida como quieras, ya nos encargaremos de quitarte la ropa.*

Leo lo que me acaba de enviar y mi agitación crece.

—*¿Tú o la otra chica?*

—*La otra chica, mientras yo miro cómo lo hace.*

—*Me estoy mojando* —*admito.*

Mi teléfono comienza a sonar y lo descuelgo inmediatamente.

—No puedes decirme eso —escucho a Virginia agitada.

—Es que realmente solo de pensarlo…

—¿Estás sola? —pregunta

—Sí.

—Tócate, quiero escucharte.

Comienzo a respirar con dificultad, pero hago lo que me pide y bajo la mano hasta mi sexo y puedo notar la humedad. Suspiro mientras recorro mis pliegues y empapo mi clítoris. Solo se escucha mi respiración, Virginia permanece en silencio y eso lejos de perturbarme me gusta, sigo moviendo mis dedos hasta que exploto llegando al orgasmo. Al momento escucho a Virginia jadear hasta que puedo oír cómo llega al igual que hice yo hace unos segundos.

—Madre mía —digo riendo, intentando poner mis pulsaciones a un ritmo normal.

—Eres un peligro —dice entre risas.

—Empezaste tú —la acuso, sabiendo que podía negarme, pero que realmente deseaba hacerlo.

—Buenas noches, Elea. Te espero mañana.

—Buenas noches.

Tras despedirnos, me estiro en mi cama y miro al techo de la habitación mientras pienso en lo que ha cambiado mi vida en el tiempo en que conozco a Virginia.

El viernes llego un poco antes de la hora que me ha indicado mi amante. Aparco el coche y le envío un mensaje para informarle que ya he llegado. Accedo al hotel y subo a la habitación cuatrocientos seis como me había indicado.

Cuando estoy delante de la puerta, los nervios comienzan a aparecer y trato de relajarme. Sé que esto es lo que buscaba, pero no por ello estoy menos nerviosa. Golpeo la puerta y escucho el sonido de unos tacones acercándose hasta que finalmente se abre la puerta y ante mí está Virginia. Esa mujer puede hacer que todo mi cuerpo tiemble sin proponérselo.

—Hola —dice tirando de mí para que entre—. Anoche te portaste muy mal —susurra pasando su lengua por mis labios.

El erotismo que despierta en mí hace que no pueda ni hablar, solo quiero que me bese y así se lo exijo atrayéndola hasta mí de nuevo.

—Espera —dice apartándose.

Sujeta mi mano y me lleva hasta donde está la pequeña mesa en la que comimos en nuestro primer encuentro. Allí hay una mujer sentada, al verme se pone de pie. Antes de que diga nada me quedo quieta y la observo, es más joven que nosotras, pelo negro, ojos oscuros. Sigo parada en el mismo sitio y es esa mujer la que viene hasta mí, su seguridad y descaro hacen que mire a Virginia y vuelva a mirar a la mujer que ahora está en frente de mí.

—Hola. Me han hablado de ti, pero se han quedado cortas con la descripción que me habían hecho.

La chica me mira y pasa una mano por mi cintura y me atrae hasta ella.

—¿Puedo? —pregunta en susurro dejando sus labios pegados a los míos.

Asiento y eso le da la libertad de devorar mi boca, se abre paso con la lengua y yo me entrego a sus besos sin remedio.

Capítulo 26

Elea

La chica se separa de mí y va donde está Virginia y comienza a besarla. Verlas a las dos hace que mi excitación crezca de manera inminente y tenga que apoyar la espalda en la pared. Lo único que deseo es que la abogada despoje de toda ropa a nuestra acompañante mientras yo miro cómo lo hace.

—Espera, Begoña —escucho que dice Virginia, rompiendo el beso.

Las dos miramos expectantes mientras ella se coloca la blusa, se apoya en la pared y se tapa la cara con las manos. Nosotras nos miramos sin saber muy bien qué es lo que pasa, pero yo no quiero esperar, ni tampoco parar, así que tiro de Begoña y comienzo a besarla bajando la cremallera lateral del vestido.

—¡Qué pares! —escucho detrás de nosotras.

Miro a la abogada sin entender nada. Llega donde está la chica y le sube la cremallera, coge lo que creo que es el bolso de nuestra acompañante y se lo da, y la dirige hasta la salida. Le dice algo que no puedo entender y ella se marcha. Virginia vuelve a entrar, pienso que es algún juego, así que la atrapo entre mis brazos, pero ella se zafa de mí, coge su bolso y en ese preciso instante es cuando me doy cuenta de que algo va mal.

—¿Qué pasa? —pregunto sin entender lo que está sucediendo.

—Será mejor que me vaya.

Esa es toda la respuesta que recibo, ya que la abogada me ha dejado sola en la habitación. Me siento en los pies de la cama sin saber muy bien lo que ha pasado. Lo que sí tengo claro es que el calentón que tenía por verlas a las dos juntas se me ha bajado de golpe y la mala leche se ha instaurado en mí, ya no por no hacer el trío, sino por no saber qué es lo que está pasando realmente. ¿Será que se ha cansado de mí? ¿O quizá ya no le resulte atractiva? Comienzo a hacerme mil preguntas y ninguna tiene respuesta.

Después de esperar media hora y ver que Virginia no ha vuelto, salgo del hotel cabreada. No entiendo su actitud. Lo más normal es que me diga qué es lo que ha pasado y no dejarme así, sin saber por qué se ha marchado.

Durante el trayecto dudo si llamarla, pero siempre que intento darle al botón, algo en mi interior me dice que no lo haga, que espere, y realmente no sé a qué debo de esperar.

—Mierda, joder —suelto cabreada, golpeando el volante.

Me doy cuenta de que a mí realmente me da igual el trío. Lo que realmente me preocupa es el comportamiento de la que hasta ahora era una mujer que nunca decía no a nada y que parecía que todo estaba bien entre nosotras.

Cuando llego a casa, lo mejor es darme una ducha e intentar tranquilizarme mientras espero que Virginia se digne a llamarme y me cuente qué es lo que le pasa.

Como era de esperar, paso una noche de mierda y sin noticias de ella. Estoy por ir a su casa, pero sé que no es lo correcto y además puede ser que no esté. Aunque sea sábado quizá haya salido y yo aquí comiéndome la cabeza sin saber nada.

Le doy vueltas a lo de ayer intentando ver si cuando la primera vez que me besó Begoña su teléfono sonó y tenía que marcharse y prefirió que se fuera la chica también. Intento encontrar mil excusas e inventar mil situaciones, pero la única verdad es que en aquella habitación no se pasaron de los besos y cuando comencé a bajar la cremallera de la chica que había contratado mi amante, ella decidió que aquello había terminado.

Por la tarde, después de no recibir noticias alguna de la mujer que me dejó plantada en el hotel, cojo el móvil decidida. Una vez tengo su nombre en el teléfono, aprieto el botón de llamada y tras varios tonos salta el contestador. Vuelvo a intentarlo y obtengo el mismo resultado.

—¿Qué coño te pasa Virginia? —me pregunto, ya que no entiendo la actitud de ella.

Dos horas después, miro el *WhatsApp* y me meto en su conversación, veo que está en línea. La muy capulla no es capaz de cogerme el teléfono ni devolverme la llamada. Escribo en la conversación y vuelvo a borrar. Sé que las cosas se pueden malinterpretar por mensajes, y parece

222

que ella no está por la labor de dar señales de vida. Yo tengo claro que esa mujer me debe una explicación del por qué se fue así del hotel.

Después de meditarlo por un momento, me cambio de ropa, cojo mi bolso y voy al coche para dirigirme a casa de la mujer que ocupa mis pensamientos desde anoche. Decidida, conduzco sin importar la hora que es o a la que pueda llegar. Ella va a hablar conmigo, y si tengo que esperarla en el portal hasta que llegue así lo haré. Pero algo tengo claro: ella va a tener que decirme qué le sucede.

Capítulo 27

Virginia

Estoy en casa, tirada en el sofá, viendo la televisión o más bien pasando canales sin llegar a detenerme en ninguno. Nada es lo suficientemente interesante como para que me distraiga de mis pensamientos, y para colmo, Elea no ha dejado de llamarme. Yo necesito tiempo, quiero saber por qué me siento así, o tal vez lo único que quiero es que los días pasen y huir del problema.

Escucho el sonido de mi teléfono y miro la pantalla. Esta vez, el nombre que se refleja es el de Gabriela. Dudo si descolgar o no. Decido que no me puedo apartar de todo, y que el lunes veré de igual modo a mi compañera, así que le doy a la tecla verde del teléfono para después colocármelo en la oreja.

—¿Sí?

—Anoche salí con Diego —escucho a mi amiga emocionada tras la confesión.

—¿Qué tal? —pregunto con curiosidad.

—Bufff —esa es toda su respuesta antes de empezar a reír.

—Necesito detalles, no sobre lo que hicieron, sino de cómo te decidiste a ir con él.

—Si te digo la verdad, no fue planeado. Fuimos a cenar de nuevo, pero está vez en un local distinto y terminamos en una sala...

—No sigas —le pido riendo—. ¿Volverán a quedar?

—Probablemente. Con él es todo tan diferente, Virginia. Nunca me había sentido tan a gusto con nadie como con Diego. Él me cuida, me mima, se preocupó siempre si estaba bien o me sentía incómoda, fue realmente increíble.

Un nudo se me forma en la garganta al recordar que yo también me siento tan a gusto con Elea. Trago saliva intentando quitarme esa sensación que me oprime el pecho.

—¿Estás bien? —pregunta.

—Sí, es solo que anoche no descansé bien. Me alegro mucho de que al final te decidieras a dar el paso. Tengo que colgar, necesito ir al baño —me excuso para intentar no soltar una lágrima con mi amiga al otro lado del teléfono.

—Vale. Hablamos el lunes más tranquilas.

Tras despedirnos, es ella quien cuelga y yo dejo el móvil a mi lado en el sofá, intento hacer los ejercicios que una vez me dijo Claudia cuando me encontraba mal: inhalar y aguantar cuatro segundos. Estoy haciendo eso y mi teléfono vuelve a vibrar. Miro la pantalla y vuelvo a ver reflejado el nombre de la mujer que me tiene alterada. Sé que en algún momento debo contestar para hablar con ella, pero el miedo me paraliza y no soy capaz de enfrentarme a él.

En ese momento, tocan el timbre del apartamento y me sobresalto, ya que estaba concentrada mirando el jodido teléfono como si por arte de magia mis problemas se solucionaran solos, sin que yo tenga que afrontar nada. Me levanto para abrir la puerta, debe ser algún vecino, puesto que no han tocado desde el portal.

—Sé que estás ahí, abre la puerta, Virginia —escucho gritar a Elea, seguido de golpes en la puerta.

Me quedo paralizada a medio camino, no sé qué hacer, pero ella sigue insistiendo en que le abra la puerta. Cierro los ojos sabiendo que es ahora o nunca, que debo de hablar con Elea y contarle lo que me pasa y lo que sucedió la otra noche. Continúo mi camino hacia la puerta hasta que la abro, y vuelvo a mirar esos ojos de los que una vez debí huir, pero no pude porque me atraían como un imán.

—¿Se puede saber qué pasó ayer? —pregunta enfadada, entrando a la casa.

Solo puedo mirarla, deseo atraerla entre mis brazos y darle un beso, sin embargo, no puedo, mis pies se han quedado anclados en el suelo y no soy capaz de moverme.

—No lo entiendo, Virginia. Todo estaba bien, supuestamente ibas a guiarme en esto de descubrir lo que siento y anoche te largas después de echar a Begoña y no me has cogido el teléfono —expone hablando deprisa.

No ha dejado de moverse desde que ha entrado. Está inquieta, camina de un lado para otro hasta que se detiene y me mira fijamente.

—No pienso moverme de aquí hasta no saber qué es lo que te ocurre —afirma, cruzándose de brazos.

Logro serenarme un poco, cierro la puerta y la hago pasar hasta que tomamos asiento en el sofá.

—¿Quieres algo de beber? —pregunto.

La mujer que tengo al lado agarra mi brazo y hace que me siente a su lado.

—Quiero saber qué es lo que pasa, Virginia —dice calmada.

Suspiro, cierro los ojos y arqueo la espalda para poder estirarme. Vuelvo a mirar a la mujer sentada a mi lado y ahora está calmada esperando que le cuente que es lo que me pasa.

—Cuando vi a Begoña tocarte, esa sensación no fue agradable. No era como las otras veces que estuve con otras mujeres. No quería que aquello estuviera pasando.

—¿Hay algo entre Begoña y tú?

—No.

—Entonces, ¿qué ocurre?

—Déjame hablar, por favor. Necesito soltarlo todo o no seré capaz. Solo te pido que escuches y después me digas lo que piensas.

—Está bien.

—No fue agradable porque no podía ver cómo ella te tocaba, no quería y no quiero. No sé cómo ha pasado, pero la realidad es esa, Elea. Me he ido enamorando de ti y ni siquiera he sabido darme cuenta hasta ayer por la noche. Pensaba que el amor no estaba hecho para mí, había querido a personas, pero no de la manera que empiezo a sentir por ti. Quiero hablar contigo a diario, no lo hago porque me contengo, te extraño cada jodido segundo. Pensaba que podía ser un capricho pasajero, llegaste en un momento en el que no estaba con nadie de forma fija. Como te dije una vez, a veces tenía parejas de juegos y ya, pero contigo era diferente, lo fue desde un principio. Cuando te vi en el restaurante Los Álamos una parte de mí me decía que debía alejarme de ti, sin embargo, el destino quiso que me tropezara contigo esa noche cuando salías de estar con Claudia y Lorena. Después, a la mañana siguiente, verte en esa cafetería. Normalmente, salir una noche al local de Claudia significaba que al día siguiente llegaría tarde a casa. Esa noche fue distinto porque iba con una amiga y a la mañana siguiente quedamos para desayunar. Pensaba que lo tenía todo controlado si actuaba como siempre, llevarte al hotel y yo marcharme, así estaría a salvo. No quedarme a dormir contigo, me hacía sentir segura, hasta que te traje a mi casa y te dije que te quedaras esa noche. En ese preciso instante perdí el control de absolutamente todo, estaba vendida.

Paro de hablar porque, aunque le haya pedido que me dejara desahogarme, Elea sigue en la misma postura, mirándome fijamente sin decir absolutamente nada, y eso me pone nerviosa.

—Nunca había traído a nadie a mi casa, era una norma, salvo con alguna chica que tuve alguna relación abierta, pero era eso, dos mujeres adultas que se lo pasaban bien juntas y podían mantener relaciones con quien quisiera sin ataduras. Eso me dije contigo, que quizá lo que sentía era por la novedad, que una vez estuviera contigo ya estaría, ya no necesitaría saciar más mi curiosidad, pero no fue así. Con cada beso tuyo me hacía más adicta, poco a poco te fuiste colando y yo ni siquiera me estaba dando cuenta, o al menos no quería verlo.

Miro a la mujer de la que me he enamorado, sigue callada mirando a un punto fijo en el salón de mi casa y yo no sé qué hacer o decir. Me levanto y camino hasta la ventana, esperando que Elea me diga qué piensa o siente respecto a lo que le acabo de confesar, pero sigue en silencio en la misma postura y sin apenas parpadear.

—Joder, Elea, dime algo. Te he confesado que me estoy enamorando de ti. Dime que esto es un error, que no quieres saber nada, que para ti soy solo sexo, pero habla —le pido.

—¿Quieres ir a la comunión de la hija de mi amiga?

La miro entrecerrando los ojos sin entender, a qué viene esa pregunta.

—Contesta, ¿quieres venir o no? —insiste.

—Van a pensar que somos pareja. No conozco a nadie.

—Responde —exige poniéndose de pie y caminando hasta donde estoy yo.

—Claro que quiero.

—Perfecto.

Estoy tan desconcertada por la actitud de Elea que no sé muy bien qué decir o hacer. Ella, sin embargo, se pega a mí y me besa.

—Yo tampoco quiero que nadie te toque —confiesa.

—¿Estás segura de esto?

—De que te quiero, lo estoy. Y me encanta que me hayas confesado que también sientes que te estás enamorando de mí.

—Si esto que siento no es amor, no sé qué mierda será, pero jamás me he sentido así. Te necesito como el aire que respiro.

—Yo creo que sí que estás enamorada.

—Soy insoportable, Elea. Si pierdo un caso me pongo de mal humor.

—Si pierdes, estaré en casa esperándote para decirte que todo saldrá bien —dice agarrándome por la cintura.

—A veces me gusta tener sexo después de perder, no quiero preguntas, solo follar.

—Lo sé, apareciste en mi casa.

—También soy...

—SSShhhh —dice poniendo un dedo en mis labios.

Acaricia mi rostro y deja otro beso en los labios para después separarse un poco de mí.

—Sé perfectamente que puedes vivir sin mí, Virginia, pero quiero que te sea más agradable si lo haces conmigo.

—Me haces la vida muchísimo más agradable —afirmo atrayéndola para besarla.

Capítulo 28

Elea

Aquella noche hicimos el amor, ya no era follar como dos salvajes. Fueron besos, caricias y el amar despacio, sin prisas de quitarse la ropa o devorarnos como solíamos hacer, fue calmado, dejando que nuestros cuerpos hablaran por nosotras hasta terminar abrazadas. Esa noche fue la primera de muchas.

Sin darme cuenta me había instalado en casa de Virginia, ella llegaba de trabajar y yo la esperaba, eso duró hasta que fue la comunión de Mireia. Allí fuimos la mujer que conocí en una cafetería y yo. Mis amigas la acogieron con agrado, yo fui la encargada de hacer las fotos.

—Me encanta como va vestida —me dijo Virginia cuando la vio.

El día pasó entre la iglesia y después la fiesta que se había organizado en una local propiedad de los padres de Martín. Allí hubo comida y bebida para el pueblo entero. Virginia descubrió que me gustaba la fotografía, aunque no vio lo que era capaz de hacer hasta la mañana siguiente.

Esa noche nos quedamos en mi casa, las dos habíamos bebido algo de alcohol y coger el coche no era una opción, así que nos fuimos de madrugada a la cama después de despedirnos del grupo por lo tarde que era.

La mañana siguiente me desperté antes que ella. Estaba acostada bocabajo y dormía solo con las bragas, la claridad del día entraba por la ventana de la habitación, así que cogí mi cámara de fotos y comencé a sacar instantáneas de la abogada. Las metí en mi portátil y las retoqué lo justo para que se vieran perfectas.

—¿Qué haces? —preguntó dejando un beso en mi cuello.

—Descargando las fotos de la comunión y también aproveché para sacarte algunas a ti, hace un rato mientras dormías.

Virginia me abrazó desde atrás y miró con atención la pantalla del portátil, me giré para poder ver su expresión, ya que no decía nada. Vi que seguía mirando fijamente la pantalla y no sabía si le gustaba o no lo que veía.

—¿No te gusta? Pensé que no te importaría que te sacara unas fotos, realmente no se te ve nada.

—Son increíbles, Elea. Podrías exponerlas, joder, podrías hacer lo que quisieras.

—Tampoco es para tanto —aseguré ruborizada.

—Té aseguro que yo no sería capaz de captar lo que tú has hecho. Eres muy buena en eso.

Tras rebatirle que no eran tan buena y ella siempre decirme lo contrario, tiró de mí y me hizo levantarme para besarme y darme los buenos días.

Sabía que aquel desayuno iba a ser distinto a los que había tenido su casa, aquí yo no tenía por qué marcharme, sin embargo, ella sí, porque tenía un trabajo. Debía ser yo la que iniciara esa conversación o al menos eso creía y ahí estaba yo con mi indecisión de cómo afrontar las cosas con Virginia. Pero realidad fue bien distinta y fue ella quien comenzó a hablar:

—Creo que es mejor que te quedes en la ciudad, siempre podremos venir los fines de semana aquí si quieres —dijo mientras daba una mordida a la tostada—. Allí puedes buscar un estudio de fotografía si quieres trabajar, si no, pues hasta que tú quieras.

Miré con los ojos entrecerrados a la mujer que tenía enfrente sorprendida por su verborrea y como me había organizado todo y ni siquiera haberme preguntado. En aquel momento no sabía si cabrearme por decidir por mí o besarla.

—Todo esto es si tú quieres, Elea. Yo quiero estar contigo, no quiero que nos veamos solo los fines de semana, si quieres me vengo aquí, me da igual. Solo sé que quiero estar contigo. Quiero que, después de llegar cansada de trabajar, darme una ducha, ponerme el pijama y que tú me estés esperando en el sofá para ver una película o simplemente hablar de nuestro día.

Virginia paró su discurso y abrió mucho los ojos por todo lo que estaba diciendo.

—Joder, estoy perdida contigo —reconoció y comenzó a reírse.

Me contagié de la sonrisa de una mujer increíble, tras limpiarnos las lágrimas, Virginia me miró fijamente.

—Sé que es demasiado pronto, pero yo quiero vivir contigo, no sabremos si esto funcionará de verdad o no si no lo intentamos en serio, y yo quiero hacerlo. Quiero vivir contigo sin tener el miedo de llegar a casa y encontrarme con que te has ido, porque no te lo he pedido.

—¿Estás segura de esto? —pregunté.

—De lo único que estoy segura es que me he enamorado de ti como una perra —afirmó sin dejar de mirarme.

—Pues…

Dejé que esa respuesta se alargara, veía a la abogada que siempre tenía todo controlado, perder el control sobre su vida por unos instantes, estaba nerviosa e impaciente, no paraba de mover sus manos y a mí me parecía lo más increíble que había vivido jamás con nadie. Sentía cómo un hormigueo se instalaba en mi pecho cuando Virginia me cogió las manos y las beso, siendo paciente esperando que yo le dijera algo.

—Quiero irme a la ciudad contigo —respondí por fin.

Epílogo

Elea

Tres meses después de haber decidido mudarme a casa de Virginia, estoy sentada en la sala de espera de una prestigiosa revista, donde he conseguido una entrevista. Todavía me quedan diez minutos para entrar, pero con mi impaciencia he llegado antes, la chica me ha dicho que ya ha avisado que desde que le digan me dará paso.

Mi teléfono vibra y es Virginia que me ha mandado un *WhatsApp*

—*Avísame cuando salgas.*

—*Ni he entrado* —*tecleo de inmediato.*

—*¿Cómo va la espera?*

—*Estoy nerviosa.*

—*Todo irá bien, Elea, eres buena en lo que haces.*

—*Podrías haberme relajado esta mañana —escribo mordiendo mis labios.*

—*Para.*

—*Algo rápido, incluso mandarme ahora algo y así poder relajarme un poco. No sé, quizá podrías tener alguna foto en tu galería interesante.*

—*Elea, tengo juicio y no puedo ponerme cachonda.*

—*No estoy haciendo nada, solo digo que hace tres días que no hemos hecho nada, eso es mucho tiempo. Me gustaría que tu lengua terminara esta noche en mi coño.*

—*Joder, Elea, entra ya a esa jodida entrevista. Desde que salga de los juzgados voy a casa.*

Cuando me dispongo a comenzar a teclear para seguir el juego peligroso con la abogada, escucho mi nombre, alzo la vista y veo a la chica que me dice que ya puedo entrar.

Media hora después salgo con una sonrisa de oreja a oreja y con el teléfono en la mano para decirle a Virginia que esta noche salimos a cenar, que el puesto de trabajo es mío. Estoy eufórica, me gustaría ir a los juzgados a esperarla, pero me digo que no, que mejor es esperarla en casa.

—¿Qué haces aquí? —pregunto, al ver a Virginia ya en la casa.

—Vivo aquí, ¿lo recuerdas? —dice viniendo a abrazarme.

—Ya, lo digo por la hora.

—Me suspendieron el juicio y me he tomado la tarde libre, ya que es viernes.

—Claro, porque es viernes —protesto haciéndome la enfadada.

—Me encanta cuando arrugas la nariz —comenta poniendo su dedo en ella.

Cuando veo el recorrido del dedo abro la boca y dejo que se cuele dentro, lo lamo y chupo. Miro a la mujer que tengo delante y sus ojos se oscurecen por el deseo. Me aparto de ella y me sujeta del brazo para que nuestros cuerpos vuelvan a estar juntos.

—Tenemos que celebrar algo —susurra muerta de deseo.

—Quiero cenar en el local de Claudia —le pido.

Noto su nerviosismo, y antes de que diga nada paso la lengua por sus labios y me separo.

—Eres amiga de Claudia, cenaremos allí y seguro que nos puede dejar mirar. Te prometo que nadie me tocará, pero necesito volver a sentir eso contigo y que me toques allí mismo.

Ella traga saliva y tiene que abrir la boca para respirar debido a la agitación.

—De acuerdo, pero nada de tríos.

—Nada de tríos, lo prometo. Solo ver cómo Claudia se lo monta con alguna de sus chicas mientras tú me tocas.

Virginia saca su móvil del bolso y busca lo que me imagino que es el número de teléfono de Claudia, se aparta un poco y habla con ella.

—Perfecto, Clau, estaremos allí a las ocho, primero cenaremos algo ligero, después dile a Lorena que nos suba —escucho que dice y cuelga.

Sonrío al verla venir hacia mí.

—Ya está, ahora déjame probar un poco de ti.

—No —digo mientras niego con la cabeza.

—Venga, cariño, un poco solo.

Muerdo mis labios, porque, aunque sé que yo estoy igual o peor que ella, no quiero hacer nada ahora.

—Es para que sientas cómo me dejaste esta mañana.

—No es justo, tenía que ir a trabajar.

—La próxima no te pones a buscarme.

Ella bufa y se marcha a la cocina, mientras miro cómo esa mujer me ha cambiado la vida en tan pocos meses.

A las ocho estamos sentadas en el local de Claudia en donde nos vimos por primera vez. Nos atiende Lorena, una vez terminamos nos hace acceder al despacho de Claudia. Cuando entramos nuestra sorpresa es que no está sola, ya hay alguien con ella. Lorena nos hace pasar y cierra las puertas tras nosotras.

—Creo que ya se conocen —asegura Claudia señalando a la mujer que tiene al lado.

Miro a Virginia que sonríe y es porque la persona que está con Claudia es Begoña.

—Eres una zorra —afirma Virginia mirando a Claudia.

La dueña del local ladea su cabeza y se muerde el labio inferior. Tengo la sensación de que le excita que mi acompañante esté enfadada. Begoña y yo estamos expectantes de lo que hacen esas dos mujeres.

—Fóllatela —le ordena Virginia a Claudia.

Mi acompañante me agarra del brazo y me hace sentarme en el sofá, mientras vemos cómo las dos mujeres se besan. La propietaria le ordena a Begoña que se quite la ropa, primero empieza por la blusa, seguido de los pantalones y cuando va a quitarse el sujetador, Claudia le ordena que pare. Apoya el culo de la chica en su escritorio y hace que se suba quedando sentada en él, con maestría le quita el sujetador y deja que caiga, para después apartar sus bragas.

Trago saliva y miro muerta de deseo a Virginia que me devuelve la mirada tras ver como las dos mujeres que tenemos delante follan y sus jadeos inundan el despacho.

—Tócame —logro decir.

Mi acompañante hace lo que le pido y cuando se deshace de parte de mi ropa que le estorba y logra llegar a mi sexo suspiro al sentir sus dedos. En ese momento los jadeos de Begoña y los míos son los que se escuchan entre esas cuatro paredes.

Sé que mi relación con Virginia no es convencional y que las dos hemos aceptado que nos gusta mirar a otras personas mientras tienen sexo. Al final los límites de una relación los pone cada pareja. Los nuestros sabemos muy bien cuáles son. Así que mientras eso nos siga gustando cómo hasta ahora lo seguiremos haciendo sin importar lo que el resto del mundo opine de ello.

Made in the USA
Coppell, TX
13 November 2024

40136212R00146